TRANZLATY

Mae iaith i bawb

Language is for everyone

Galwad Cthulhu

The Call of Cthulhu

H.P. Lovecraft

Cymraeg
English

Published by Tranzlaty
ISBN: 978-1-80572-486-5
The Call of Cthulhu
H.P. Lovecraft (1926)
www.tranzlaty.com

www.tranzlaty.com

Yr Arswyd Wedi'i Wneud o Glai
The Horror made of Clay

Mae un peth rwy'n ei chael yn arbennig o drugarog.
There is one thing I find particularly merciful.
Anallu'r meddwl dynol i gydberthyn digwyddiadau.
The inability of the human mind to correlate events.
Mae'n fendith na allwn ddeall y byd.
It's a blessing that we can't understand the world.
Rydym yn byw'n hapus ar ynys dawel o anwybodaeth.
We live blissfully on a placid island of ignorance.
Ynys yng nghanol moroedd duon anfeidredd.
An island in the midst of black seas of infinity.
Ac nid oedd bwriad i ni deithio'n bell.
And it was not meant that we should voyage far.
Mae pob un o'r gwyddorau'n anelu i'w cyfeiriadau eu hunain.
The sciences each strain in their own directions.
Ond hyd yn hyn nid yw canfyddiadau gwyddoniaeth wedi ein niweidio fawr ddim.
But hitherto science's findings have harmed us little.
Ond ryw ddydd bydd gwybodaeth ddatgysylltiedig yn cael ei rhoi at ei gilydd.
But some day dissociated knowledge will be pieced together.
Bydd golygfeydd dychrynllyd o realiti yn agor i ni.
Terrifying vistas of reality will open up to us.
A byddwn yn cael ein gadael mewn mantais ofnadwy.
And we will be left in a frightful vantage point.
Byddwn naill ai'n mynd yn wallgof o'r datguddiad a roddir inni.
We will either go mad from the revelation we are given.
Neu byddwn yn ffoi rhag y golau marwol a welwn.
Or we will flee from the deadly light that we will see.
Byddwn yn rhedeg oddi wrth y wybodaeth yr oeddem bob amser wedi'i dilyn.
We will run from the knowledge we had always pursued.

A byddwn yn ceisio heddwch a diogelwch oes dywyll newydd.
And we will seek the peace and safety of a new dark age.
Mae theosoffyddion wedi dyfalu maint y cosmos.
Theosophists have guessed at the scale of the cosmos.
Dim ond digwyddiad dros dro yn y cylch hwn yw ein byd.
Our world is but a transient incident in this cycle.
Dim ond rhan fach y mae'r hil ddynol yn ei chwarae yn y bydysawd.
The human race plays but a little role in the universe.
Mae'r theosoffyddion wedi awgrymu dulliau rhyfedd o oroesi.
The theosophists have hinted at strange methods of survival.
Ond byddai eu hawgrymiadau yn rhewi gwaed dyn rhesymol.
But their suggestions would freeze a rational man's blood.
Dim ond optimistiaeth eu syniadau sy'n cuddio'r arswyd.
Only the optimism of their ideas hides the horror.
Ond nid eu syniadau nhw sy'n fy nharo fwyaf.
But it is not their ideas that chill me the most.
Mae'n rhywbeth arall sy'n fy llenwi ag ofn.
It is something else that fills me with terror.
Yr unig cipolwg o oesau gwaharddedig rydw i wedi'i weld.
The single glimpse of forbidden eons I have seen.
Pan fyddaf yn meddwl am yr hyn a welais, mae fy ngwaed yn sefyll yn llonydd.
When I think of what I saw my blood stands still.
Mae aflonyddwch yn plagio fy mreuddwydion ers y cipolwg hwnnw.
Restlessness plagues my dreams since that glimpse.
Daeth ataf fel pob cipolwg ofnadwy o wirionedd.
It came to me like all dreaded glimpses of truth.
Cyfuno pethau ar wahân yn ddamweiniol.
An accidental piecing together of separated things.
Hen eitem papur newydd a nodiadau athro marw.
An old newspaper item and the notes of a dead professor.
Mewn fflach roedd popeth wedi'i roi at ei gilydd o'm blaen.

In a flash everything was pieced together before me.
Gobeithio na fydd neb arall yn cyflawni'r mewnwelediad ofnadwy hwn.
I hope no one else will accomplish this terrible insight.
Yn sicr, os byddaf byw, ni fyddaf byth yn helpu neb i'w wybod.
Certainly, if I live, I shall never help anyone to know it.
Ni fyddaf byth yn fwriadol yn cyflenwi dolen mewn cadwyn mor erchyll.
I shall never knowingly supply a link in so hideous a chain.
Rwy'n credu bod yr athro, hefyd, wedi bwriadu cadw'n dawel.
I think that the professor, too, intended to keep silent.
Nid oedd yn bwriadu rhannu'r cyfrinachau yr oedd yn eu gwybod.
He didn't mean to share the secrets that he knew.
Ac rwy'n siŵr y byddai wedi dinistrio ei nodiadau.
And I'm sure he would have destroyed his notes.
Oni bai ei fod wedi cael ei atafaelu gan farwolaeth sydyn ac amheus.
If he had not been seized by sudden and suspicious death.

***

Dechreuodd fy ngwybodaeth am y peth yng ngaeaf 1926-27.
My knowledge of the thing began in the winter of 1926-27.
Fy hen ewythr oedd yr Athro George Gammell Angell.
My great-uncle was the professor George Gammell Angell.
Ef oedd yr Athro Emeritws ieithoedd Semitig.
He was the Professor Emeritus of Semitic languages.
Bu'n darlithio ym Mhrifysgol Brown, Providence, Rhode Island.
He lectured in Brown University, Providence, Rhode Island.
Ei farwolaeth, yn naw deg dau oed, a sbardunodd y digwyddiad.
His death, at the age of ninety-two, triggered the event.
Roedd yn adnabyddus fel awdurdod ar arysgrifau hynafol.

He was widely known as an authority on ancient inscriptions.
Daeth penaethiaid amgueddfeydd amlwg ato am ei arbenigedd.
Heads of prominent museums came to him for his expertise.
Felly cafodd ei farwolaeth ei sylwi gan lawer o fewn cylchoedd academaidd.
So his death was noticed by many within academic circles.
Cynyddwyd y diddordeb gan anhysbysrwydd ei farwolaeth.
Interest was intensified by the obscurity of his death.
Digwyddodd wrth iddo ddod oddi ar y cwch o Newport.
It occurred as he was disembarking from the Newport boat.
Dywed tystion fod dyn tywyll ei olwg morwrol wedi ei wthio.
Witnesses say a dark nautical-looking fellow had jostled him.
Ar ôl cael ei daro, syrthiodd yn sydyn, meddai tystion.
After being stricken, he fell suddenly, witnesses say.
Nid oedd meddygon yn gallu canfod unrhyw anhwylder gweladwy.
Physicians were unable to find any visible disorder.
Ar ôl rhywfaint o ddadl ddryslyd, daethant i'w casgliad.
After some perplexed debate they reached their conclusion.
"Rhaid ei fod wedi bod yn anaf i'r galon," cytunon nhw.
"It must have been a lesion of the heart," they agreed.
"Wedi'r cyfan, roedd yn ddyn eithaf oedrannus," ychwanegon nhw.
"After all, he was rather an elderly man," they added.
"achosodd dringfa gyflym y bryn serth ei ddiwedd."
"the brisk ascent of the steep hill caused his end."
Ar y pryd ni welais unrhyw reswm i anghytuno â'r datganiad hwn.
At the time I saw no reason to dissent from this dictum.
Ond yn ddiweddar rwy'n tueddu i ryfeddu am eu casgliad.
But latterly I am inclined to wonder about their conclusion.
Ac rwy'n gwneud mwy na dim ond meddwl tybed a oeddent yn iawn.
And I do more than just wonder if they were right.

***

Bu farw fy hen ewythr ar ei ben ei hun fel gweddw di-blant.
My grand-uncle died alone as a childless widower.
Ac felly daethum yn etifedd ac yn ysgutor i'w eiddo.
And so I became heir and executor to his possessions.
Felly roedd disgwyl i mi fynd dros ei bapurau a'i ysgrifau.
So I was expected to go over his papers and writings.
Symudais ei set gyfan o ffeiliau a blychau i'm cartref yn Boston.
I moved his entire set of files and boxes to my Boston home.
Bydd llawer o'r deunyddiau a gasglais yn cael eu cyhoeddi yn ddiweddarach.
Much of the materials I collected will later be published.
Cymerodd llawer o academyddion yn ei faes ddiddordeb mawr yn ei waith.
Many academics in his field took great interest in his work.
Roedd cymdeithas archaeolegol America yn dibynnu'n fawr arno.
The American archeological society relied on him greatly.
Ond roedd un blwch a oedd yn ddryslyd iawn i mi.
But there was one box which I found exceedingly puzzling.
Roeddwn i'n teimlo'n llawer yn amharod i ddangos y ffeiliau hyn i lygaid eraill.
I felt much averse from showing these files to other eyes.
Roedd y blwch wedi'i gloi, yn wahanol i'r blychau eraill.
The box had been locked, unlike the other boxes.
Ac i ddechrau ni chefais allwedd a fyddai'n agor y blwch hwn.
And initially I found no key that would open this box.
Ond yna daeth lleoliad yr allwedd i'm meddwl.
But then the location of the key occurred to me.
Roedd yr athro bob amser yn cario allweddi yn ei boced.
The professor always carried a keyring in his pocket.
Yn wir, un o'r allweddi hyn a agorodd y blwch.
It was indeed one of these keys that opened the box.
Ond yn y blwch roedd rhwystr wedi'i gloi'n dynn fyth.

But in the box was a still more closely locked barrier.
Beth allai fod ystyr y bas-relief queer?
What could be the meaning of the queer bas-relief?
Roedd amryw o doriadau papur yn cyd-fynd â'r bas-relief.
Various paper cuttings accompanied the bas-relief.
Beth oedd y nodiadau a'r ramblings digyswllt yn cyfeirio ato?
What did the disjointed jottings and ramblings allude to?
A oedd fy ewythr wedi dod yn gredadwy o dwyll arwynebol?
Had my uncle become credulous to superficial impostures?
Efallai yn ei flynyddoedd diweddarach i'w feddwl feirniadol arafu.
Perhaps in his later years his criticalness thought slowed.
Roedd rhywun wedi tarfu ar heddwch meddwl yr hen ŵr hwn.
Someone had disturbed this old man's peace of mind.
Ac felly penderfynais ddod o hyd i'r cerflunydd ecsentrig.
And so I resolved to locate the eccentric sculptor.
Y dyn a gychwynnodd obsesiwn rhyfedd fy ewythr.
The man who set in motion my uncle's strange obsession.

***

Roedd y bas-relief wedi'i siapio'n fras fel petryal.
The bas-relief was roughly shaped like a rectangle.
Roedd y siâp petryalog yn llai na modfedd o drwch.
The rectangular shape was less than an inch thick.
Ac roedd y bas-relief tua phump wrth chwe modfedd o ran arwynebedd.
And the bas-relief was about five by six inches in area.
Roedd yn amlwg bod y bas-relief o darddiad modern.
It was obvious that the bas-relief was of modern origin.
Fodd bynnag, roedd y dyluniadau ymhell o fod yn fodern o ran awyrgylch.
The designs, however, were far from modern in atmosphere.
Roedd yr arysgrifau'n awgrymu gwareiddiad llawer hŷn.

The inscriptions suggested a far older civilization.
Roedd amryfuseddau ciwbiaeth a ffwturiaeth yn niferus ac yn wyllt.
The vagaries of cubism and futurism were many and wild.
Ond fel arfer mae patrymau o'r fath yn methu â chynhyrchu rheoleidd-dra.
But normally such patterns fail to produce regularity.
Y rheoleidd-dra dirgel sy'n llechu mewn ysgrifennu cynhanesyddol.
The cryptic regularity which lurks in prehistoric writing.
Roedd y rheoleidd-dra hwn yn sicr yn bresennol yn y bas-relief.
This regularity was certainly present in the bas-relief.
Roeddwn i'n siŵr bod yr arysgrifau'n cynrychioli system ysgrifennu.
I was certain the inscriptions represented a writing system.
Roedd gen i rywfaint o gyfarwyddyd â phapurau fy ewythr.
I had some familiarity with the papers of my uncle.
Ac roeddwn i wedi edrych drwy ei holl gasgliadau a'i weithiau.
And I had looked through all of his collections and works.
Ond methodd â dod o hyd i unrhyw ysgrifen debyg.
But I failed to find any writing that was similar.
Doeddwn i ddim yn gallu gosod yr wyddor hon yn ddaearyddol mewn unrhyw ffordd.
I could not geographically place this alphabet in any way.
Ni allwn chwaith ddyfalu o ba amser y daeth yr ysgrifen hon.
Nor could I guess from what time this writing came from.
Uwchben yr hieroglyffigau ymddangosiadol hyn roedd ffigur.
Above these apparent hieroglyphics there was a figure.
Yn amlwg, dim ond at ddiben darluniadol oedd y ffigur.
The figure was evidently only of pictorial intent.
Ychwanegodd argraffiadaeth y llun at y dirgelwch.
The impressionism of the picture added to the mystery.
Ni ellid canfod unrhyw syniad clir o natur y creadur.

No clear idea of the creature's nature could be discerned.

Roedd y creadur yn ymddangos fel anghenfil, o ryw fath.

The creature seemed to be a monster, of some sort.

Neu roedd y symbol yn cynrychioli anghenfil, o ryw fath.

Or the symbol represented a monster, of some sort.

Dim ond meddwl afiach a allai ddychmygu ffurf o'r fath.

Only a diseased mind could conceive of such a form.

Cynhyrchodd fy nychymyg wahanol luniau ar yr un pryd.

My imagination yielded different pictures simultaneously.

Ond efallai bod fy nychymyg braidd yn afradlon hefyd.

But my imagination may also be somewhat extravagant.

Octopws, draig, a charicatŵr dynol hefyd.

An octopus, a dragon, and also a human caricature.

Byddaf yn ceisio peidio â bod yn anffyddlon i ysbryd y peth.

I shall try not be unfaithful to the spirit of the thing.

Roedd pen mwydion, tentaclog yn goroni corff cennog.

A pulpy, tentacled head surmounted a scaly body.

Roedd adenydd elfennol yn ymwthio allan o'r siâp grotesg.

Rudimentary wings protruded from the grotesque shape.

Ond nid siâp yr anghenfil oedd y rhan waethaf hyd yn oed.

But the shape of the monster wasn't even the worst part.

Roedd cefndir y llun hyd yn oed yn fwy brawychus.

The background of the picture was even more frightening.

Roedd gan y golygfeydd awgrym amwys o wareiddiad arall.

The scenery had a vague suggestion of another civilization.

Pensaernïaeth Seicloapaidd o ran anghofiedig o'r byd.

Cyclopean architecture from a forgotten part of the world.

***

Dim ond rhai nodiadau a thoriadau o'r wasg oedd yn cyd-fynd â'r rhyfeddod.

Only some notes and press cuttings accompanied the oddity.

Ymddengys mai dim ond cysylltiad amwys oedd rhwng y toriadau o'r wasg.

The press cuttings seemed to be only vaguely related.

Roedd y nodiadau ysgrifenedig â llaw i gyd gan fy ewythr.

The hand written notes were all from my uncle.

Ond nid oedd ei nodiadau'n esgus bod ag unrhyw arddull lenyddol.

But his notes made no pretense to any literary style.

Nid oedd unrhyw fecanwaith archebu ar gyfer unrhyw un o'r papurau.

There was no ordering mechanism to any of the papers.

Er bod yna ddogfen feistr i'r nodiadau i'w gweld.

Although there seemed to be a master document to the notes.

Priodolwyd y ddogfen hon i gwlt Cthulhu

This document was ascribed to the cult of Cthulhu

Roedd llythrennau'r gair wedi'u hysgrifennu'n ofalus.

The word's letters had been painstakingly written out.

Ni ddylai fod unrhyw ddarlleniad anghywir o'r gair anhysbys .

There should be no erroneous reading of the unheard of word.

Rhannwyd y llawysgrif Cthulhu hon yn ddwy adran;

This Cthulhu manuscript was divided into two sections;

Y teitl canlynol oedd ar y llawysgrif gyntaf:

The first manuscript was titled the following:

"1925 - Breuddwyd a Gwaith Breuddwydion HA Wilcox"

"1925 - Dream and Dream Work of H. A. Wilcox"

"7 Stryd Thomas, Providence, Ynys y Ffordd"

"7 Thomas St., Providence, Road Island"

A'r ail lawysgrif oedd â'r teitl canlynol:

And the second manuscript was titled the following:

"Naratif yr Arolygydd John R. Legrasse"

"Narrative of Inspector John R. Legrasse"

"121 Bienville St., New Orleans, Cyfarfodydd 1908."

"121 Bienville St., New Orleans, 1908 Meetings."

"Nodiadau ar yr Un peth, a chyfrif yr Athro Webb o ddigwyddiadau"

"Notes on Same, & Prof. Webb's account of events"

Nodiadau byr oedd y papurau llawysgrif eraill i gyd.

The other manuscript papers were all brief notes.

Roedd rhai llawysgrifau'n disgrifio breuddwydion rhyfedd gwahanol bobl.

Some manuscripts described the queer dreams of different persons.

Dyfynnwyd rhai llawysgrifau o lyfrau a chylchgronau theosoffolegol.

Some manuscripts cited from theosophical books and magazines.

Yn arbennig, roedd y rhan fwyaf o'r dyfyniadau hyn gan W. Scott-Eliott.

Notably, most of these citations were from W. Scott-Eliott.

Yn bennaf roedd y nodiadau'n cyfeirio at Atlantis a'r Lemuria Goll.

Mainly the notes referenced Atlantis and the Lost Lemuria.

Roedd y nodiadau eraill yn sylwadau ar gymdeithasau cyfrinachol sydd wedi goroesi ers amser maith.

The other notes commented on long-surviving secret societies.

Cyltiau cudd a allai fodoli yn rhywle neu beidio.

Hidden cults that may or may not still exist somewhere.

Roedd yn ymddangos bod dau lyfr yn darparu'r rhan fwyaf o'r wybodaeth;

Two books seemed to provide most of the information;

Cwlt Gwrachod Miss Murray yng Ngorllewin Ewrop.

Miss Murray's Witch-Cult in Western Europe.

Roedd y llyfr hwn yn manylu'n drylwyr ar ffynonellau mytholegol.

This book thoroughly detailed Mythological sources.

Ac fe ddarparodd Golden Bough Frazer ffynonellau anthropolegol.

And Frazer's Golden Bough provided anthropological sources.

***

Roedd y toriadau'n cyfeirio'n bennaf at afiechydon meddwl allanol.

The cuttings largely alluded to outré mental illnesses.

Achosion o ffolineb a mania grŵp yng ngwanwyn 1925.

Outbreaks of group folly and mania in the spring of 1925.

Roedd hanner cyntaf y llawysgrif yn adrodd stori ryfedd
iawn.

The first half of the manuscript told a very peculiar tale.

**1925, y 1af o Fawrth, daeth dyn ifanc tenau, tywyll at fy
ewythr.**

1925, the 1st of March, a thin dark young man came to my
uncle.

**Mae'r llawysgrif yn disgrifio ei agwedd niwrotig a
chyffrous.**

The manuscript describes his neurotic and excited aspect.

Ac fe gludodd gydag ef y bas-gerfwedd rhyfedd.

And he bore with him the strange bas-relief.

Bryd hynny roedd y bas-relief yn hynod o llaith a ffres.

At that time the bas-relief was exceedingly damp and fresh.

Roedd ei gerdyn yn dwyn enw Henry Anthony Wilcox.

His card bore the name of Henry Anthony Wilcox.

Ac roedd fy ewythr wedi adnabod ychydig pwy ydoedd.

And my uncle had slightly recognized who he was.

Ef oedd mab ieuengaf teulu rhagorol.

He was the youngest son of an excellent family.

**Yn ddiweddarach roedd wedi bod yn astudio cerflunwaith
yn Rhode Island.**

Latterly he had been studying sculpture at Rhode Island.

Roedd yn byw ar ei ben ei hun yn Adeilad Fleur-de-Lys.

He lived alone at the Fleur-de-Lys Building.

Roedd ei gartrefi gerllaw'r brifysgol.

His residences were near the university.

Roedd Wilcox yn llanc cynnar o athrylith adnabyddus.

Wilcox was a precocious youth of known genius.

**Ond roedd hefyd yn adnabyddus am ei ecsentrigrwydd
mawr.**

But he was also known for his great eccentricity.

O'i blentyndod roedd wedi denu sylw eraill.

From childhood he had excited the attention of others.

**Adroddodd am straeon rhyfedd nad oedd neb wedi dweud
wrtho amdanynt.**

He told of strange stories no one had told him about.

Ac roedd yn arfer adrodd breuddwydion rhyfedd.
And he was in the habit of relating strange dreams.
Disgrifiodd ei hun fel "gorsensitif yn seicolegol".
He described himself as "psychically hypersensitive".
Ond roedd gan y rhai o'i gwmpas ddisgrifiadau eraill amdano.
But those around him had other descriptions for him.
Pobl dawel y ddinas fasnachol hynafol oeddent.
They were staid folk of the ancient commercial city.
Ac fe wnaethon nhw ei ddiswyddo fel dim ond rhyfedd a "chwior".
And they dismissed him as merely strange and "queer".
Ac felly ni chymysgodd lawer â'i fath erioed.
And so he never mingled much with his kind.
Ac roedd wedi gostwng yn raddol o welededd cymdeithasol.
And he had dropped gradually from social visibility.
Nawr dim ond i grŵp bach o esthetwyr y mae'n hysbys.
Now he is known only to a small group of esthetes.
Ac roedd y rhai oedd yn ei adnabod yn dod o drefi eraill yn bennaf.
And those who knew him came mostly from other towns.
Roedd hyd yn oed clwb celf Providence wedi ei gael yn gwbl anobeithiol.
Even the Providence art club had found him quite hopeless.
Wrth gwrs roedden nhw'n awyddus i gadw eu ceidwadaeth.
Of course they were anxious to preserve their conservatism.

***

Parhaodd llawysgrif yr athro i ddisgrifio'r ymweliad.
The professor's manuscript continued to describe the visit.
Gofynnodd y cerflunydd yn sydyn am wybodaeth archaeolegol ei westeiwr.
The sculptor abruptly asked for his host's archeological knowledge.
Roedd eisiau iddo adnabod yr hieroglyffigau ar y bas-relief.
He wanted him to identify the hieroglyphics on the bas-relief.

Siaradodd mewn modd breuddwydiol a braidd yn swta.

He spoke in a dreamy and rather stilted manner.

Awgrymodd ei araith ystum ac dieithrodd gydymdeimlad.

His speech suggested pose and alienated sympathy.

A dangosodd fy ewythr rywfaint o finiogrwydd yn ei ateb.

And my uncle showed some sharpness in his reply.

Oherwydd bod y bas-relief yn dal i fod yn ffresni amlwg.

Because the bas-relief was still conspicuously freshness.

Felly nid oedd angen unrhyw berthynas ag archaeoleg.

So there was no need for any kinship with archeology.

Roedd ateb y bachgen Wilcox o gast barddonol rhyfeddol.

Young Wilcox's rejoinder was of a fantastically poetic cast.

Rhaid bod fy ewythr wedi ei argraffu gan yr ateb.

My uncle must have been impressed with the reply.

Ac fe gofnododd ateb Wilcox air am air.

And he recorded the reply of Wilcox verbatim.

"Mae'r bas-relief yn wir yn dal yn amlwg o ffres."

"The bas-relief is indeed still conspicuously fresh."

"Oherwydd i mi wneud y bas-relief yma neithiwr, ar ôl breuddwyd."

"Because I made this bas-relief last night, after a dream."

"Breuddwyd am ddinasoedd dieithr a phobl ddieithr."

"A dream of strange cities and stranger people."

"Ac mae breuddwydion yn hŷn na Tyros sy'n myfyrio."

"And dreams are older than brooding Tyros."

"Mae breuddwydion yn hŷn na'r Sffincs myfyriol."

"Dreams are older than the contemplative Sphinx."

"Ac mae breuddwydion yn hŷn na Babilon sydd wedi'i gwregysu gan ardd."

"And dreams are older than the garden-girdled Babylon."

Trodd y math hwn o araith yn nodweddiadol ohono.

This type of speech turned out to be characteristic of him.

Yna y dechreuodd y stori anhrefnus honno.

It was then that he began that rambling tale.

Y stori a chwaraeodd yn sydyn ar atgof cysgu.

The tale which suddenly played upon a sleeping memory.

Y stori a enillodd ddiddordeb brwd fy ewythr.

The tale that won the fevered interest of my uncle.

***

Roedd daeargryn bach wedi bod y noson cynt.
There had been a slight earthquake tremor the night before.
Y cryndod mwyaf sylweddol a deimlodd New England ers rhai blynyddoedd.
The most considerable tremor New England had felt for some years.
Roedd dychymyg Wilcox wedi cael ei effeithio'n fawr gan y daeargryn.
Wilcox's imagination had been keenly affected by the earthquake.
Roedd ganddo freuddwyd ddigynsail am ddinasoedd Seicloaidd mawrion.
He had had an unprecedented dream of great Cyclopean cities.
Breuddwydiodd am flociau Titan a monolithau yn uchel i'r awyr.
He dreamed of Titan blocks and sky-flung monoliths.
Roedd yr holl bensaernïaeth yn diferu o ddŵr gwyrdd.
All the architecture was dripping with green ooze.
Ac roedd ei freuddwydion yn sinistr gydag arswyd cudd.
And his dreams were sinister with latent horror.
Roedd hieroglyffigau wedi gorchuddio'r waliau a'r pileri.
Hieroglyphics had covered the walls and pillars.
O rywle oddi tano daeth sŵn.
From somewhere underneath there came a sound.
Sŵn llais oedd hi, ond nid llais ydoedd.
The sound was of a voice, but it was not a voice.
Teimlad anhrefnus na allai ond dychymyg ei drawsnewid yn sain.
A chaotic sensation which only fancy could transmute into sound.
Ceisiodd ddweud y gair bron yn anhysbys.
He attempted to say the almost unpronounceable word.

Cymysgedd o lythrennau annhebygol; "Cthulhu fhtagn".
A jumble of unlikely letters; "Cthulhu fhtagn".
Y dryswch geiriol hwn oedd allwedd atgof fy ewythr.
This verbal jumble was the key to my uncle's recollection.
Cyffroodd a tharfu'r sain ryfedd hon yr Athro Angell.
This strange sound excited and disturbed Professor Angell.
Holiodd y cerflunydd gyda manylder gwyddonol.
He questioned the sculptor with scientific minuteness.
Astudiodd y bas-relief gyda dwyster bron yn wyllt.
He studied the bas-relief with almost frantic intensity.
Roedd fy ewythr yn beio ei henaint, meddai Wilcox wedyn.
My uncle blamed his old age, Wilcox afterward said.
Yn ei ddyddiau iau byddai wedi adnabod y hieroglyffigau.
In his younger days he would have recognized the
hieroglyphics.
Ni fyddai'r dyluniad darluniadol wedi drysu ei feddwl
craffach.
The pictorial design wouldn't have puzzled his sharper mind.
Roedd llawer o'i gwestiynau'n ymddangos yn gwbl
amhriodol i'w ymwelydd.
Many of his questions seemed highly out of place to his
visitor.
Ceisiodd ei gysylltu â chyltiau mytholegol rhyfedd.
He tried to connect him to strange mythological cults.
Ceisiodd ei gael i gyfaddef cysylltiad â chymdeithasau
cyfrinachol.
He tried to get him to admit affiliation to secret societies.
Addawodd fy ewythr hyd yn oed gadw cyfrinach ei
ymwelydd.
My uncle even promised to keep his visitor's secret.
"Onid ydych chi'n rhan o grŵp cyfriniol eang?"
"Are you not part of a widespread mystical group?"
"Onid ydych chi'n aelod o gorff crefyddol paganaidd?"
"Are you not a member of a paganly religious body?"
Yn y pen draw daeth yn argyhoeddedig nad oedd y
cerflunydd yn aelod.

Eventually he became convinced the sculptor wasn't a member.

Yn wir, roedd yn anwybodus o unrhyw gwlt na system o lên gwerin gyfrinachol.

He was indeed ignorant of any cult or system of cryptic lore.

Gwarchaeodd ar ei ymwelydd gyda gofynion am adroddiadau am freuddwydion yn y dyfodol.

He besieged his visitor with demands for future reports of dreams.

Roedd y cais rhyfedd hwn yn dwyn ffrwyth rheolaidd a diddorol.

This strange request bore regular and interesting fruit.

***

Ar ôl y cyfweliad cyntaf mae'r llawysgrif yn cofnodi galwadau dyddiol.

After the first interview the manuscript records daily calls.

Adroddodd ddarnau syfrdanol o ddelweddau nosol.

He related startling fragments of nocturnal imagery.

Roedd yr un themâu yn ei freuddwydion bob amser.

There were always the same themes in his dreams.

Golygfa Seicloapaidd ofnadwy o garreg dywyll a diferol.

A terrible Cyclopean vista of dark and dripping stone.

Llais neu ddeallusrwydd tanddaearol yn gweiddi'n undonog.

A subterranean voice or intelligence shouting monotonously.

Roedd dau sain fel pe baent yn ailadrodd eu hunain yn ei freuddwydion.

Two sounds seemed to repeat themselves in his dreams.

Ond roedd y synau hyn mor enigmatig â'r synau eraill.

But these sounds were as enigmatic as the other sounds.

Dim ond y llythrennau "Cthulhu" a "R'lyeh" all gyfleu'r synau.

The sounds can only be rendered by the letters "Cthulhu" and "R'lyeh".

Ar Fawrth 23ain, parhaodd y llawysgrif, methodd Wilcox â dod.

On March 23rd, the manuscript continued, Wilcox failed to come.

Gwnaeth fy ewythr ymholiadau yn y chwarteri lle roedd e.

My uncle made inquiries at the quarters of his whereabouts.

Y noson honno roedd wedi cael ei daro gan fath anhysbys o dwymyn.

That night he had been stricken with an obscure sort of fever.

A chafodd ei gludo i gartref ei deulu yn Stryd Waterman.

And he was taken to the home of his family in Waterman Street.

Y noson honno roedd wedi gweiddi mewn un o'i freuddwydion.

That night he had cried out in one of his dreams.

Cyffrôdd ei gri sawl artist arall yn yr adeilad.

His cries aroused several other artists in the building.

Ac roedd rhwng newidiadau o anymwybodolrwydd a deliriwm.

And he was between alternations of unconsciousness and delirium.

Ffônodd fy ewythr deulu Wilcox ar unwaith.

My uncle at once telephoned the family of Wilcox.

Ac o'r adeg honno ymlaen cadwodd lygad barcud ar yr achos.

And from that time forward he kept close watch of the case.

Byddai'n galw'n aml yn swyddfa Dr. Tobey yn Stryd Thayer.

He called often at the Thayer Street office of Dr. Tobey.

Dr. Tobey oedd yn gyfrifol am gyflwr y claf.

Dr. Tobey was in charge of the patient's condition.

Roedd meddwl twymynllyd y llanc yn myfyrio ar bethau rhyfedd.

The youth's febrile mind was dwelling on strange things.

Crynodd y meddyg o bryd i'w gilydd wrth iddo siarad am y breuddwydion.

The doctor shuddered now and then as he spoke of the dreams.

Ailadroddodd y breuddwydion lawer o'r themâu cynharach.
The dreams repeated a lot of the earlier themes.
Ond nawr roedd ei freuddwydion yn sôn am rywbeth newydd.
But now his dreams made mention of something new.
Peth anferth "milltir o uchder" a gerddodd, neu a oedd yn crwydro o gwmpas.
A gigantic thing "a miles high" which walked, or lumbered about.
Ni ddisgrifiodd y gwrthrych hwn yn llawn ac mewn unrhyw fanylder erioed.
He at no time fully described this object in any detail.
Ond adroddodd Dr. Tobey eiriau gwyllt ei glaf.
But Dr. Tobey relayed the frantic words of his patient.
Ac fe ddaeth yr athro yn fwyfwy sicr o beth ydoedd.
And the professor became increasingly certain of what it was.
Yr anghenfil dienw yr oedd wedi ceisio'i bortreadu yn ei gerflun.
The nameless monstrosity he had sought to depict in his sculpture.
Roedd y meddyg wedi sôn am y bas-relief yr oedd wedi'i wneud.
The doctor had mentioned the bas-relief he had made.
Mae'r sôn hwn yn rhagflaenu ymsuddo'r dyn ifanc i ddiogeledd.
This mention preludes the young man's subsidence into lethargy.
Yn rhyfedd ddigon, nid oedd ei dymheredd yn llawer uwch na'r arfer.
His temperature, oddly enough, was not greatly above normal.
Ond roedd ei gyflwr cyffredinol yn awgrymu ei fod mewn twymyn.
But his general condition suggested he was in a fever.
Twymyn, yn hytrach na bod yng ngafael anhwylder meddwl.
A fever, as opposed to being in the grasp of a mental disorder.

***

Ar Ebrill 2il tua 3 p.m. daeth y dwymyn i ben.
On April 2nd at about 3 p.m. the fever came to an end.
Diflannodd pob ôl o glefyd Wilcox yn sydyn.
Every trace of Wilcox's malady suddenly ceased.
Eisteddodd yn unionsyth yn y gwely fel pe bai'n deffro o gwsg rheolaidd.
He sat upright in bed as if waking up from regular sleep.
Cafodd syndod o'i ganfod ei hun yng nghartref ei rieni.
He was astonished to find himself at his parents' home.
Ac roedd yn gwbl anwybodus o'r hyn oedd wedi digwydd.
And he was completely ignorant of what had happened.
Nid oedd na breuddwyd na realiti wedi gwneud argraff ar ei feddwl.
Neither dream nor reality had made an impression on his mind.
Cyhoeddodd Dr. Tobey ei fod yn addas i gael ei ddiswyddo o'i ofal.
Dr. Tobey pronounced him fit to be dismissed from his care.
Ac fe ddychwelodd i'w gartref dridiau'n ddiweddarach.
And he returned to his quarters three days later.
Ond i'r Athro Angell nid oedd o unrhyw gymorth pellach.
But to Professor Angell he was of no further assistance.
Roedd pob olion o freuddwydio rhyfedd wedi diflannu gyda'i adferiad.
All traces of strange dreaming had vanished with his recovery.
Am wythnos bu'n adrodd gweledigaethau amherthnasol a hollol arferol.
For a week he recounted irrelevant and thoroughly usual visions.
Ac ni chadwodd fy ewythr unrhyw gofnod pellach o'i feddyliau nos.
And my uncle kept no further record of his night-thoughts.
Ar y pwynt hwn daeth rhan gyntaf y llawysgrif i ben.
At this point the first part of the manuscript ended.

Ond roedd fy ymchwil ymhell o fod wedi dod i ben.
But my research was still anything but concluded.
Helpodd cyfeiriadau at nodiadau gwasgaredig i roi pethau at ei gilydd.
References to scattered notes helped piece things together.
Ac roedd mwy na digon o ddeunydd i feddwl amdano.
And there was more than enough material for thought.
Nid oedd fy diffyg ymddiriedaeth yn yr artist wedi tawelu eto.
My distrust of the artist had still not subsided.
Ond roedd hyn i raddau helaeth yn ganlyniad i fy amheuaeth ddwfn.
But this was largely a result of my ingrained skepticism.
Roedd y nodiadau'n disgrifio breuddwydion gwahanol bobl.
The notes described the dreams of various persons.
Digwyddodd yr holl freuddwydion hyn tra roedd Wilcox ifanc yn ei dwymyn.
These dreams all occurred while young Wilcox was in his fever.
Mae'n ymddangos na wastraffodd fy ewythr unrhyw amser yn casglu'r data.
My uncle, it seems, wasted no time in collecting the data.
Roedd wedi cychwyn corff aruthrol o ymholiadau yn gyflym.
He had quickly instituted a prodigiously far-flung body of inquiries.
Unrhyw ffrind nad oedd yn dangos haerllugrwydd byddai'n ei holi.
Any friend that didn't show impertinence he questioned.
Gofynnodd am adroddiadau nosweithiol ganddynt am eu breuddwydion.
He requested from them nightly reports of their dreams.
A gofynnodd a oeddent wedi cael unrhyw weledigaethau nodedig yn ddiweddar.
And he asked if they had had any notable visions of late.

Ymddengys bod y derbyniad i'w gais wedi bod yn amrywiol.

The reception of his request seems to have been varied.

Ond yn sicr nid oedd prinder atebion.

But there was certainly no shortage in replies.

Ni allai unrhyw ddyn cyffredin fod wedi ymdrin â'r atebion ar ei ben ei hun.

No ordinary man could have handled the replies alone.

Ni chafodd y gohebiaethau gwreiddiol eu cadw.

The original correspondences were not preserved.

Ond ffurfiodd ei nodiadau grynodeb trylwyr ac arwyddocaol.

But his notes formed a thorough and significant digest.

***

I ddechrau roedd wedi mynd at bobl gyffredin yn y gymdeithas.

Initially he had approached average people in society.

"Halen y ddaear" draddodiadol Lloegr Newydd.

New England's traditional "salt of the earth".

Ond rhoddodd y grŵp hwn ganlyniad bron yn gwbl negyddol.

But this group gave an almost completely negative result.

Er bod rhai eithriadau i'r grŵp hwn hefyd.

Though there were some exceptions to this group too.

Achosion gwasgaredig o argraffiadau nosol anesmwyth ond di-ffurf.

Scattered cases of uneasy but formless nocturnal impressions.

Roedd eu hadroddiadau bob amser rhwng Mawrth 23ain ac Ebrill 2il.

Their reports were always between March 23rd and April 2nd.

Roedd hyn yn cyd-fynd â'r un cyfnod o deliriwm Wilcox ifanc.

This aligned with the same period of young Wilcox's delirium.

Dim ond ychydig mwy o effaith oedd ar ddynion gwyddoniaeth.

Men of science had been only a little more affected.
Er bod pedwar achos o ddisgrifiad amwys o ddiddordeb.
Though four cases of vague description were of interest.
Roeddent wedi cael cipolwg ar ffo o dirweddau rhyfedd.
They had had fugitive glimpses of strange landscapes.
Ac mewn un achos soniwyd am ofn o rywbeth annormal.
And in one case a dread of something abnormal was
mentioned.
Gan yr artistiaid a'r beirdd y daeth yr atebion perthnasol.
It was from the artists and poets that the pertinent answers
came.
Mae'n fendith nad oedd neb wedi gallu cymharu nodiadau.
It is a blessing no one had been able to compare notes.
**Byddai panig wedi torri'n rhydd pe byddent wedi rhannu eu
gweledigaethau.**
Panic would have broken loose had they shared their visions.
Fodd bynnag, ni wnaeth hyn chwalu fy amheuaeth ddwfn.
This, however, did not dispel my ingrained skepticism.
**Efallai y byddai eraill wedi dod i gasgliadau chwedlonol yn
llawer cyflymach.**
Others might have come to mythical conclusions much
quicker.
Ond roedd y llythrennau gwreiddiol ar goll o'r nodiadau.
But the original letters were lacking from the notes.
**Roeddwn i hanner yn amau bod y crynhoydd wedi gofyn
cwestiynau arweiniol.**
I half suspected the compiler of having asked leading
questions.
Neu efallai nad oedd y gohebiaethau'n hollol wreiddiol.
Or perhaps the correspondences weren't entirely original.
**Efallai fod fy ewythr wedi penderfynu cadarnhau
breuddwydion Wilcox.**
Perhaps my uncle had resolved to confirm Wilcox's dreams.
**Dyna pam roeddwn i'n parhau i deimlo'n amheus o'r
cerflunydd.**
That is why I continued to feel suspicious of the sculptor.
Efallai ei fod yn dal yn ymwybodol o hen ddata fy ewythr.

Perhaps he was still cognizant of my uncle's old data.

Efallai ei fod wedi bod yn gorfodi ar y gwyddonydd profiadol.

Perhaps he had been imposing on the veteran scientist.

Serch hynny, roedd yn rhaid ymchwilio i'r data ategol.

Nonetheless, the corroborating data had to be investigated.

***

Roedd yr ymatebion gan yr esthetwyr yn adrodd stori ddychrynllyd.

The responses from the esthetes told a disturbing tale.

O Chwefror 28ain i Ebrill 2il roedd eu breuddwydion yn cyd-fynd.

From February 28th to April 2nd their dreams aligned.

Ac roedd cyfran fawr ohonyn nhw wedi breuddwydio pethau rhyfedd iawn.

And a large proportion of them had dreamed very bizarre things.

Roedd amseriad dwyster eu breuddwydion hefyd o ddiddordeb.

The timing of the intensity of their dreams was also of interest.

Roedd cyfnod deliriwm y cerflunydd yn uchafbwynt.

The period of the sculptor's delirium marked a highpoint.

Roedd dwyster eu breuddwydion yn anfesuradwy gryfach.

The intensity of their dreams were immeasurably the stronger.

Adroddodd dros chwarter am synau anghyfarwydd ac anynganadwy.

Over a quarter reported unfamiliar and unpronounceable sounds.

Synau nid yn annhebyg i'r hyn a ddisgrifiodd Wilcox hefyd.

Noises not dissimilar to what Wilcox had also described.

Disgrifiodd rhai bensaernïaeth hynod gymhleth ac amhosibl.

Some described highly elaborate and impossible architecture.

Ac fe gyfaddefodd rhai o'r breuddwydwyr eu bod yn teimlo ofn difrifol.

And some of the dreamers confessed to an acute fear.
Fel Wilcox, roedden nhw wedi gweld rhyw beth enfawr dienw.
Like Wilcox, they had seen some gigantic nameless thing.
Roedd un achos, y mae'r nodyn yn ei ddisgrifio gyda phwyslais, yn drist iawn.
One case, which the note describes with emphasis, was very sad.
Pensaer adnabyddus yn yr ardal oedd y pwnc.
The subject was a widely known architect of the region.
Roedd ganddo ef hefyd dueddiadau tuag at theosoffi ac ocwltiaeth.
He too had leanings toward theosophy and occultism.
Aeth y dyn hwn yn wallgof iawn ar Fawrth 22ain.
This man went violently insane on March the 22nd.
Yr union ddyddiad ag atafaelu'r Wilcox ifanc.
The exact same date of young Wilcox's seizure.
Bu farw sawl mis yn ddiweddarach, ar ôl sgrechian yn ddi-baid.
He expired several months later, after incessant screaming.
Erfyniodd am gael ei achub rhag rhyw drigolion uffern oedd wedi dianc.
He begged to be saved from some escaped denizen of hell.
Yn anffodus, ni chyfeiriodd fy ewythr at yr achosion hyn wrth enw.
Regrettably, my uncle did not refer to these cases by name.
Yn lle hynny, ni roddwyd dim mwy na rhif i bob astudiaeth.
Instead, all studies were given nothing more than a number.
Fel hyn roeddwn i'n gyfyngedig o ran ceisio unrhyw ymchwiliad personol.
This way I was limited in attempting any personal investigation.
Ac roedd cadarnhau'r dystiolaeth ymhellach yn heriol.
And corroborating the evidence further was demanding.
Ond yn y diwedd llwyddais i olrhain rhai achosion.
But finally I did succeed in tracing down some cases.
Dylwn i fod wedi ymddiried yn y nodiadau gan fy ewythr.

I should have trusted the notes from my uncle.
Fe wnaethon nhw adrodd eu breuddwydion yn wir i'w hadroddiadau.
They reported their dreams true to their reports.
Rydw i wedi meddwl yn aml beth oedden nhw'n meddwl oedd yr holi yn ei olygu.
I have often wondered what they thought the questioning meant.
Mae er y gorau na fydd unrhyw esboniad byth yn cyrraedd atynt.
It is for the best that no explanation shall ever reach them.

***

Fel rydw i wedi sôn, roedd fy ewythr hefyd yn casglu toriadau o'r wasg.
As I have mentioned, my uncle also collected press clippings.
Roedd y toriadau wasg hyn yn cyfateb i'r dyddiadau dan sylw.
These press clippings corresponded to the dates in question.
Roedd y ffynonellau wedi'u gwasgaru ledled y byd.
The sources were scattered throughout the globe.
Rhaid bod yr Athro Angell wedi cyflogi biwro torri.
Professor Angell must have employed a cutting bureau.
Oherwydd bod nifer y dyfyniadau yn aruthrol.
Because the number of extracts was tremendous.
Roedd cyfatebiaeth â'r rhan hon o'i ymchwil.
There was a parallel to this part of his research.
Achosion o banig, mania, ac ecsentrigrwydd.
Cases of panic, mania, and eccentricity.
Un achos oedd hunanladdiad nosol yn Llundain.
One case was a nocturnal suicide in London.
Roedd cysgwr unig wedi neidio o ffenestr ar ôl crio syfrdanol.
A lone sleeper had leaped from a window after a shocking cry.
Llythyr hir a chrwydrol at olygydd papur newydd yn Ne America.

A rambling letter to the editor of a paper in South America.

Mae ffanatig yn casglu dyfodol difrifol o weledigaethau a gafodd.

A fanatic deduces a dire future from visions he had had.

Mae anfoneb o California yn disgrifio gwladfa theosophistaidd.

A dispatch from California describes a theosophist colony.

Gwisgasant wisgoedd gwyn ar y cyd am ryw "gyflawniad gogoneddus".

They donned white robes en masse for some "glorious fulfilment".

Er na ddaeth y "cyflawniad gogoneddus" hwnnw erioed i'r amlwg.

Although that "glorious fulfilment" never arose.

Ymddengys bod aflonyddwch difrifol gan y brodorion yn India.

There seems to be serious unrest from the natives in India.

Lluosogodd orgïau voodoo yn Haiti.

Voodoo orgies multiplied in Haiti.

Mae allbostau Affricanaidd yn adrodd sibrydion bygythiol.

African outposts report ominous mutterings.

Mae swyddogion Americanaidd yn y Philipinau yn gweld rhai llwythau yn drafferthus.

American officers in the Philippines find certain tribes bothersome.

Mae heddlu Efrog Newydd yn cael eu ymosod gan Levantiaid hysterig.

New York policemen are mobbed by hysterical Levantines.

Digwyddodd hyn yn union ar noson Mawrth 22-23.

This occurred exactly on the night of March 22-23.

Roedd gorllewin Iwerddon hefyd yn llawn sibrydion a chwedloniaeth gwyllt.

The west of Ireland, too, was full of wild rumor and legendry.

Gwnaeth arlunydd gwych o'r enw Ardois-Bonnot y newyddion yn Ffrainc.

A fantastic painter named Ardois-Bonnot made the news in France.

**Crogodd dirwedd freuddwydiol gableddus yn salon
gwanwyn Paris.**
He hung a blasphemous dream landscape in the Paris spring
salon.
**Roedd y trafferthion a gofnodwyd mewn ysbytai gwallgof
yn anfesuradwy.**
The recorded troubles in insane asylums were immeasurable.
**Rhaid bod gwyrth wedi cadw'r cymdeithasau meddygol yn
ddiarwybod.**
A miracle must have kept the medical fraternities
unsuspecting.
**Ond ni wnaethon nhw erioed sylwi ar gyfatebiaethau
rhyfedd yr achosion.**
But they never noted the strange parallelisms of the cases.
Fel arall byddent hwythau wedi dod i gasgliadau dryslyd.
Else they too would have come to mystified conclusions.
**Rhaid i mi gyfaddef mai set o doriadau papur rhyfedd oedd
y rhain yn wir.**
I must confess these were indeed a set of weird paper cuttings.
Roedd fy ewythr wedi cyflwyno dadl argyhoeddiadol.
My uncle had put forward a convincing argument.
Ni allaf esbonio sut y rhoddais y dystiolaeth o'r neilltu.
I can't explain how I set the evidence aside.
Ond cymerodd fy rhesymoliaeth ddi-hid y llaw uchaf.
But my callous rationalism took the upper hand.
Ac roeddwn i'n dal yn amheus o'r cerflunydd ifanc, Wilcox.
And I was still suspicious of the young sculptor, Wilcox.
**Rhaid ei fod wedi gwybod am y materion hŷn a
grybwyllwyd gan yr athro.**
He must have known of the older matters mentioned by the
professor.

Hanes yr Arolygwr Legrasse
The Tale of Inspecter Legrasse

Gadewch i mi droi eich sylw oddi wrth y cerflunydd ifanc.
Let me turn your attention away from the young sculptor.
A gadewch inni ganolbwyntio ar ail hanner y llawysgrif.
And let us focus on the second half of the manuscript.
Ni fyddai ychydig o freuddwydion ar eu pen eu hunain wedi bod mor arwyddocaol.
A few dreams alone would not have been so significant.
Gellid bod wedi diystyru'r bas-relief fel twyll.
The bas-relief could have been dismissed as a hoax.
Ond roedd fy ewythr wedi bod yn barod i gymryd diddordeb o'r blaen.
But my uncle had previously been primed to take interest.
Roedd yn ymddangos bod cysylltiad rhwng breuddwyd Wilcox a digwyddiadau'r gorffennol.
Wilcox's dream seemed to have a link to past events.
Nid dyna oedd y tro cyntaf iddo glywed y gair hwnnw.
It wasn't the first time that he had heard that word.
Y sillafau bygythiol efallai wedi'u hysgrifennu fel "Cthulhu".
The ominous syllables perhaps written as "Cthulhu".
Roedd wedi gweld a chlywed am ddisgrifiadau tebyg o'r blaen.
He had seen and heard of similar descriptions before.
Amlinelliadau uffernol yr anghenfil dienw.
The hellish outlines of the nameless monstrosity.
Roedd wedi ddrysu o'r blaen ynghylch yr un hieroglyffigau.
He had previously puzzled over the same hieroglyphics.
Cynhyrchodd hyn i gyd gysylltiad ofnadwy o ddigwyddiadau.
All this produced a horrible connection of events.
Nid yw'n syndod iddo fynd ar ôl y Wilcox ifanc gyda chwestiynau.
It is no wonder he pursued young Wilcox with queries.
A rhaid i ni beidio â synnu ei fod wedi holi Wilcox felly.

And we must not be surprised he interrogated Wilcox so.
Daeth y profiad cynharach hwn yn y flwyddyn 1908.
This earlier experience had come in the year of 1908.
Dwy flynedd ar bymtheg cyn i Wilcox ddod at fy hen ewythr.
Seventeen years before Wilcox came to my great-uncle.
Roedd y gymdeithas archaeolegol yn cyfarfod yn St. Louis.
The archeological society were meeting in St. Louis.
Roedd gan yr Athro Angell ran amlwg yn y trafodaethau.
Professor Angell had a prominent part in the deliberations.
Roedd ei gyfrifoldebau'n gweddu i un o'i awdurdod .
His responsibilities befitted one of his authority.
Ef oedd un o'r cyntaf i gael ei gysylltu gan nifer o bobl o'r tu allan.
He was one of the first to be approached by several outsiders.
Manteisiasant ar y gynulliad i gynnig cwestiynau.
They took advantage of the convocation to offer questions.
Roedden nhw'n gobeithio am ateb cywir gan arbenigwr.
They hoped for correct answering from an expert.
Roedd gan bob un ohonyn nhw fathau rhyfedd iawn o broblemau.
They each had very peculiar types of problems.
Ac roedden nhw angen mathau gwahanol iawn o atebion.
And they required very different types of solutions.
Y pennaf o'r rhain oedd dyn canol oed cyffredin ei olwg.
The chief of these was a common-looking middle-aged man.
Ac yn gyflym daeth yn ganolbwynt diddordeb y cyfarfod.
And he quickly became the meeting's focus of interest.

***

Roedd wedi teithio i St. Louis yr holl ffordd o New Orleans.
He had traveled to St. Louis all the way from New Orleans.
Roedd wedi dod i'r cyfarfod i gael gwybodaeth arbennig.
He had come to the meeting for special information.
Gwybodaeth na ellid ei chael o ffynhonnell leol.
Knowledge that could not be unobtained from local source.

Ei enw oedd John Raymond Legrasse, arolygydd heddlu.
His name was John Raymond Legrasse, police inspector.
Roedd yn cario pwnc dirgel ei ymholiadau gydag ef.
He bore with him the mysterious subject of his inquiries.
Cerflun carreg grotesg ac yn ôl pob golwg hynafol iawn.
A grotesque and apparently very ancient stone statuette.
Cerflun nad oedd neb wedi gallu pennu ei darddiad.
A statuette whose origin no one had been able to determine.
Ond peidiwch â thybio bod yr Arolygydd Legrasse yn archeolegydd.
But don't assume Inspector Legrasse was an archeologist.
Ychydig iawn o ddiddordeb oedd ganddo mewn archaeoleg, na mytholeg.
He had very little interest in archeology, nor mythology.
Roedd gan ei ddymuniad am oleuedigaeth gymhellion braidd yn wahanol.
His wish for enlightenment had rather different motivations.
Cafodd ei ysgogi i ddod gan ystyriaethau proffesiynol yn unig.
He was prompted to come by purely professional considerations.
Roedd y cerflun wedi cael ei gipio fel rhan o gyrch heddlu.
The statuette had been captured as part of a police raid.
Er na phenderfynwyd a oedd hyd yn oed yn gerflun.
Although whether it was even a statuette wasn't determined.
Gallai hefyd fod wedi bod yn eilun, yn fetish hud, neu'n swyn.
It could also have been an idol, magic fetish, or charm.
Beth bynnag ydoedd, roedd wedi cael ei gipio rai misoedd ynghynt.
Whatever it was, it had been captured some months previously.
Roedd cyfarfod yn cael ei gynnal yng nghorsydd coediog New Orleans.
A meeting was being held in the wooded swamps of New Orleans.

Roedd yr heddlu wedi cael gwybod am gyfarfod voodoo honedig.

The police had been tipped of about a supposed voodoo meeting.

Defodau rhyfedd ac erchyll sy'n gysylltiedig â'r cylch voodoo.

Strange and hideous rites connected with the voodoo circle.

Ni allai'r heddlu ond sylweddoli beth roedden nhw wedi dod ar ei draws.

The police could not but realize what they had stumbled on.

Cwlt tywyll a oedd yn gwbl anhysbys i'r awdurdodau o'r blaen.

A dark cult previously totally unknown to the authorities.

Llawer mwy sinistr nag y gallai rhywun o'r tu allan ei ddisgwyl.

Infinitely more sinister than what an outsider could expect.

Mwy diafolaidd na'r duaf o gylchoedd voodoo Affrica.

More diabolic than the blackest of the African voodoo circles.

Cafodd straeon anhygoel eu dwyn oddi wrth aelodau'r cwlt a gafodd eu dal.

Unbelievable tales were extorted from the captured cult members.

Ond ni ellid darganfod dim am darddiad y gweddillion.

But nothing of the relic's origin could be discovered.

Dyna pam mae'r heddlu'n pryderu am unrhyw lên gwerin hynafiaethol.

Hence the anxiety of the police for any antiquarian lore.

Gallai mytholeg hynafol esbonio'r symbol ofnadwy.

Ancient mythology might explain the frightful symbol.

Efallai y gallai gwybodaeth ddyfnach olrhain pen y ffynnon.

Deeper knowledge could perhaps track the fountain-head.

Nid oedd yr Arolygydd Legrasse wedi paratoi ar gyfer y cyffro a greodd.

Inspector Legrasse was not prepared for the excitement he created.

Un olwg ar y gwrthrych dirgel oedd y cyfan oedd ei angen.

One sight of the mysterious object was all that was required.

Roedd y dynion gwyddoniaeth a oedd wedi ymgynnull wedi'u llenwi â chwilfrydedd.

The assembled men of science were filled with curiosity.

Ni wastraffasant unrhyw amser wrth ymgasglu'n agos o amgylch yr arolygydd.

They lost no time in crowding closely around the inspector.

Ac fe geision nhw i gyd gael y olwg orau ar y ffigur bach.

And they all tried to get the best look at the diminutive figure.

***

Ysbrydolodd yr hynafiaeth wirioneddol ofnadwy ddychymyg gwyllt.

The genuinely abysmal antiquity inspired wild imagination.

Roedd y rhyfeddod yn awgrymu mor gryf at olygfeydd heb eu hagor a hynafol.

The strangeness hinted so potently at unopened and archaic vistas.

Nid oedd unrhyw ysgol gerflunio gydnabyddedig wedi bywiogi'r gwrthrych ofnadwy hwn.

No recognized school of sculpture had animated this terrible object.

Ac eto roedd canrifoedd i'w gweld wedi'u cofnodi yn yr wyneb tywyll a gwyrddlas.

Yet centuries seemed recorded in the dim and greenish surface.

Efallai bod miloedd o flynyddoedd wedi'u cuddio yn y garreg anorchfygol hon.

Perhaps thousands of years were hidden in this unplaceable stone.

Yn y diwedd, pasiwyd y ffiguryn yn araf o ddyn i ddyn.

The figurine was finally passed slowly from man to man.

Astudiodd pob gwyddonydd farciau rhyfedd y garreg yn ofalus.

Each scientist carefully studied the strange markings of the stone.

Roedd y gwaith rhwng saith ac wyth modfedd o uchder.

The work was between seven and eight inches in height.
A rhaid nodi'r crefftwaith artistig coeth.
And the exquisite artistic workmanship must be noted.
Roedd y cerfiadau'n cynrychioli anghenfil ag amlinelliad anthropoid amwys.
The carvings represented a monster of vaguely anthropoid outline.
Ar wyneb y pen tebyg i octopws roedd màs o deimlolyddion.
On the face of the octopus-esque head was a mass of feelers.
Roedd crafangau rhyfeddol ar y traed ôl a blaen yn ymwthio allan o'r corff.
Prodigious claws on hind and fore feet protruded from the body.
Roedd gan y corfflu chwyddedig ansawdd edrych rwberog iddo.
The bloated corpulence had a rubbery looking quality to it.
Ac o'r tu ôl i'r corff rwberlyd daeth dau adain gul allan.
And from behind the rubbery body came out two narrow wings.
Byddai'n reddfol meddwl am y peth hwn fel un ofnadwy.
It would be instinctual to think of this thing as fearsome.
Roedd malaenedd annaturiol i awra'r creadur.
There was an unnatural malignancy to the aura of the creature.
Sgwatiodd y gargantuan yn ddrwg ar floc petryalog.
The gargantuan squatted evilly on a rectangular block.
Roedd y pedestal yr oedd arno wedi'i orchuddio â llythrennau anhysbys.
The pedestal it was on was covered with undecipherable characters.
Cyffyrddodd blaenau'r adenydd ag ymyl gefn y bloc.
The tips of the wings touched the back edge of the block.
Roedd y creadur yn eistedd ar ganol y bloc enfawr.
The creature was sitting on the middle of the giant block.
Roedd ei goesau wedi'u dwblu o dan ei gorff anferth.
Its legs were doubled up under its monstrous body.

Gafaelodd y crafangau hir, crwm yn ymyl flaen y clogwyn.
The long, curved claws gripped the front edge of the cliff.
Roedd pen y cephalopod wedi plygu ymlaen, gan arsylwi ei deyrnas.
The cephalopod head was bent forward, observing its kingdom.
Roedd pennau'r teimladyddion wyneb yn brwsio cefnau pawennau blaen enfawr.
The ends of the facial feelers brushed the backs of huge forepaws.
Ac roedd y pawennau blaen yn gafael yn ben-gliniau uchel y gwrcwdwr.
And the forepaws clasped the croucher's elevated knees.
Roedd ymddangosiad yr olygfa grotesg yn anarferol o realistig.
The appearance of the grotesque scene was abnormally lifelike.
Ond dim ond rheswm cynnil i fod yn fwy ofnus a ychwanegodd yr ansawdd realistig hwn.
But this lifelike quality only added a subtle reason to be more fearful.
Oherwydd nad oeddem yn gwybod dim am ffynhonnell y darlun.
Because we knew nothing about the source of the depiction.
Roedd oedran enfawr, anhygoel, ac anfesuradwy'r creadur yn ddiamheuol.
The creature's vast, awesome, and incalculable age was unmistakable.
Ond ni ddangosodd y darlun un cysylltiad ag unrhyw fath hysbys o gelf.
But not one link did the depiction show with any known type of art.
Ni wnaeth hyd yn oed y gwareiddiadau cynharaf gyfeiriad at y creadur hwn.
Not even the earliest civilizations made reference to this creature.

Ond nid dyna'r unig bwynt lle gwnaeth ein gwybodaeth ein methu.

But that is not the only point at which our knowledge failed us.

***

Roedd mwynoleg y garreg hefyd yn ddirgelwch llwyr.

The mineralogy of the stone was also a complete mystery.

Roedd brychau aur yn dotiau'r garreg sebonllyd, werdd-ddu.

Gold specks dotted the soapy, greenish-black stone.

Roedd rhigolau enfys yn rhedeg ar hyd y garreg.

Iridescent striations ran along the length of the stone.

Yn fyr, nid oedd y garreg yn debyg i ddim byd o fewn mwynoleg.

In short, the stone resembled nothing within mineralogy.

Nid oedd daearegwyr wedi gallu adnabod y garreg chwaith.

Geologists hadn't been able to identify the stone either.

Roedd yr hieroglyffau ar hyd y garreg yr un mor ddryslyd.

The hieroglyphs along the stone were equally baffling.

Roedd y system ysgrifennu yn ofnadwy o wahanol i sgriptiau eraill.

The writing system was horribly different than other scripts.

Roedd cynrychiolaeth o hanner arbenigwyr blaenllaw'r byd yn bresennol.

A representation of half the world's leading experts was present.

Ond ni ellid sefydlu unrhyw gysylltiad ag unrhyw system ysgrifennu hysbys.

But no link to any known writing system could be established.

Roedd popeth yn awgrymu'n ofnadwy gylch bywyd hen ac anghysegredig.

Everything frightfully suggested an old and unhallowed cycle of life.

Hanes lle nad oedd ein byd a'n syniadau yn chwarae unrhyw ran.

A history in which our world and our conceptions played no part.

Ysgwydodd yr arbenigwyr eu pennau, gan gyfaddef eu bod wedi cael eu trechu.

The experts shook their heads, admitting they had been defeated.

Ond ni roddodd un arbenigwr y gorau iddi mor gyflym.

But one expert did not give up quite so quickly.

Honnodd fod ganddo ychydig o gyfarwyddyd rhyfedd â'r pwnc.

He claimed to have a touch of bizarre familiarity with the subject.

Nid oedd y siâp a'r ysgrifen anferth yn gwbl newydd iddo.

The monstrous shape and writing weren't entirely new to him.

Gyda rhywfaint o betrusgarwch dywedodd am y peth bach rhyfedd yr oedd yn ei wybod.

With some diffidence he told of the odd trifle he knew.

Y person hwn oedd y diweddar William Channing Webb.

This person was the late William Channing Webb.

Roedd yn athro anthropoleg ym Mhrifysgol Princeton.

He was professor of anthropology in Princeton University.

Ac roedd yn archwiliwr o arwyddocâd nid bach.

And he was an explorer of no small significance.

***

Deugain mlynedd yn ôl roedd yn archwilio Greenland a Gwlad yr Iâ.

Forty-eight years ago he was exploring Greenland and Iceland.

Roedd ei grŵp yn chwilio am rai arysgrifau Rwnig.

His group were in search of some Runic inscriptions.

Ond methodd yr alldaith â datgelu unrhyw arysgrifau.

But the expedition failed to unearth any inscriptions.

Fe wnaethon nhw gerdded uchelderau arfordiroedd Gorllewin Greenland.

They trekked the heights of West Greenland's coasts.

Yma fe wnaethon nhw ddod ar draws cwlt rhyfedd o
Eskimoaid dirywiedig.
Here they encountered a strange cult of degenerate Eskimos.
Roedd eu crefydd yn cynnwys rhyw fath o addoli'r diafol.
Their religion consisted of a form of devil-worship.
Ac roedd eu defodau'n fwriadol waedlyd ac yn ffiaidd.
And their rituals were deliberately bloodthirsty and repulsive.
Ffydd ydoedd nad oedd Eskimos eraill yn gwybod llawer
amdani.
It was a faith of which other Eskimos knew little.
Crynodd y bobl leol wrth sôn am eu harferion.
Locals shuddered at the mention of their practices.
Dywedon nhw fod eu credoau yn dod o oesoedd hynafol
ofnadwy.
They said their believes came from horribly ancient eons.
Amser cyn i'r byd fel y gwyddom ni amdano nawr gael ei
greu erioed.
A time before the world as we know it now had ever been
made.
Roedd aberthau dynol a defodau etifeddol rhyfedd.
There were human sacrifices and queer hereditary rituals.
Ac roedd eu holl addoliad wedi'i gyfeirio at tornasuk
goruchaf.
And all their worship was directed at a supreme tornasuk.
Roedd yr Athro Webb wedi cymryd copi ffonetig gan
angekok oedrannus.
Professor Webb had taken a phonetic copy from an aged
angekok.
Roedd wedi trawsgrifio siantiau'r dewin-offeiriad cyn
belled ag y gallai.
He had transcribed the wizard-priest's chants as best he could.
Ond ar hyn o bryd nid oedd y trawsgrifiadau hyn o'r pwys
mwyaf.
But currently these transcriptions weren't of prime
significance.
Roedd gan y cwlt garreg annwyl yr oeddent yn ei haddoli.
The cult had a cherished stone that they worshipped.

Dawnsiasant yn wyllt pan neidiodd yr awrora dros y clogwyni iâ.

They danced wildly when the aurora leaped over the ice cliffs.

Ac yng nghanol eu dawns roedd y garreg ryfedd.

And in the midst of their dance was the strange stone.

Dywedodd yr athro ei fod yn gerfwedd garw iawn o garreg.

It was, the professor stated, a very crude bas-relief of stone.

Roedd y garreg yn cynnwys llun erchyll a rhywfaint o ysgrifen gyfrinachol.

The stone comprised a hideous picture and some cryptic writing.

Ac hyd y gallai ddweud, roedd y garreg hon yn gyfateb yn fras.

And as far as he could tell this stone was a rough parallel.

Roedd gan y garreg yr un nodweddion hanfodol â phethau bwystfilod.

The stone had all the same essential features of bestial things.

Derbyniodd y gwyddonwyr y data hwn gyda chyffro a syndod.

The scientists received this data with suspense and astonishment.

Roedd hyd yn oed yr Arolygydd Legrasse wedi magu diddordeb mewn mytholeg yn gyflym.

Even Inspector Legrasse had quickly gained an interest in mythology.

Ac fe ddechreuodd ar unwaith holi ei hysbysydd.

And he began at once to ply his informant with questions.

Roedd ganddo nodiadau o ddefod lafar addolwyr y cwlt yn y gors.

He had notes of the oral ritual of the cult-worshipers in the swamp.

Ymbiliodd ar yr athro i gofio siantiau'r Eskimos diafolaidd.

He besought the professor to remember the diabolist Eskimos' chants.

Yna dilyn hynny cafwyd cymhariaeth drylwyr o fanylion.

There then followed an exhaustive comparison of details.

Ac yna dilynodd eiliad o dawelwch gwirioneddol ofnadwy.

And there then followed a moment of really awed silence.

Roedd dewiniaid yr Eskimo ac offeiriaid corsydd Louisiana yn fydoedd ar wahân.

The Eskimo wizards and the Louisiana swamp-priests were worlds apart.

Ac eto roedd ymadrodd oedd gan y ddwy ddefod uffernol yn gyffredin.

And yet there was a phrase the two hellish rituals had in common.

" Ph'nglui mglw'nafh Cthulhu R'lyeh wgah'nagl fhtagn."

"Ph'nglui mglw'nafh Cthulhu R'lyeh wgah'nagl fhtagn."

***

Roedd gan Legrasse un fantais dros yr Athro Webb.

Legrasse had one advantage over Professor Webb.

Roedd wedi siarad â nifer o'i garcharorion cymysg.

He had spoken to several of his mongrel prisoners.

Roedd rhai ohonyn nhw wedi trosglwyddo ystyr yr ymadrodd.

Some of them had passed on the phrase's meaning.

"Yn ei dŷ yn R'lyeh mae Cthulhu marw yn aros yn breuddwydio."

"In his house at R'lyeh dead Cthulhu waits dreaming."

Felly trodd y sylw yn ôl at yr Arolygydd Legrasse.

So the attention turned back to Inspector Legrasse.

Ac fe'i holwyd â llawer o gwestiynau digyswllt.

And he was probed with many disconnected questions.

Manylodd ar ei brofiad gyda'r addolwyr o'r gors.

He detailed his experience with the worshipers from the swamp.

Rhoddodd fy ewythr arwyddocâd dwys i'r stori.

My uncle attached profound significance to the story.

Roedd yr adroddiad yn blasu breuddwydion mwyaf gwyllt llunwyr mythau.

The report savored of the wildest dreams of myth-makers.

Ni allai Theosophistiaid fod wedi darparu mwy o ddychymyg.

Theosophists could not have provided more imagination.

Ond daeth yr athroniaethau o ffynonellau annisgwyl.

But the philosophies came from unexpected sources.

Adroddodd hanner cast a phariahs y straeon ffantastig hyn.

Half-castes and pariahs told these fantastical stories.

Ar Dachwedd 1af, 1907, datblygodd ei gadwyn o ddigwyddiadau.

On November 1st, 1907, his chain of events unfolded.

Derbyniodd heddlu New Orleans alwadau anobeithiol.

The New Orleans police received desperate calls.

Fe'u galwyd i wlad y gors a'r morlynnoedd i'r de.

They were called to the swamp and lagoon country to the south.

Roedd yr ymsefydlwyr yno yn gyntefig gan mwyaf, ond o natur dda.

The settlers there were mostly primitive, but good-natured.

Disgynyddion dynion Lafitte oedd y rhan fwyaf o'r rhai oedd yn byw wrth y gors.

Most living by the swamp were descendants of Lafitte's men.

Ond nawr roedden nhw yng ngafael braw llym.

But now they were in the grip of stark terror.

Roedd peth anhysbys wedi lladrata arnynt yn y nos.

An unknown thing had stolen upon them in the night.

Mae'n debyg mai voodoo achosodd yr aflonyddwch.

It was voodoo, apparently, that caused the disturbance.

Ond roedd yn fwdŵ yn wahanol i ffurfiau eraill o fwdŵ.

But it was a voodoo unlike the other forms of voodoo.

Voodoo o fath mwy ofnadwy nag yr oeddent erioed wedi'i adnabod.

Voodoo of a more terrible sort than they had ever known.

Roedd rhai o'u menywod a'u plant wedi diflannu.

Some of their women and children had disappeared.

Roedd drymio maleisus wedi dechrau ei guro di-baid.

A malevolent drumming had begun its incessant beating.

Ymhell ac yn ddwfn o fewn y coedwigoedd tywyll, duon, ysbrydion hynny.
Far and deep within those dark, black haunted woods.
Yno, lle na feiddiodd unrhyw breswylydd fentro yn agos ato.
There, where no dweller dared to ventured close to.
Roedd yna weiddi gwallgof a sgrechiadau erchyll.
There were insane shouts and harrowing screams.
Siantiau oeri enaid a fflamiau diafol yn dawnsio.
Soul-chilling chants and dancing devil-flames.
Ni allai'r negesydd a'i bobl ei ddioddef mwyach.
The messenger and his people could stand it no more.
Aeth corff o ugain o heddlu allan yn hwyr yn y prynhawn.
A body of twenty police set out in the late afternoon.
A daeth ymsefydlwr crynedig gyda nhw fel tywysydd.
And a shivering settler came with them as a guide.

***

Ar ddiwedd y ffordd hawdd ei defnyddio fe wnaethon nhw ddisgyn oddi ar y trên.
At the end of the passable road they alighted.
Am filltiroedd a milltiroedd fe wnaethon nhw dasgu ymlaen mewn distawrwydd.
For miles and miles they splashed on in silence.
Ac aethant ymlaen trwy'r coed cypress ofnadwy.
And they went on through the terrible cypress woods.
Coedwigoedd tywyll, tywyll y daeth diwrnod ond bron byth.
Dark, dark woods in which day but almost never came.
Mae gwreiddiau hyll yn gosod trapiau iddyn nhw yn y ddaear wlyb.
Ugly roots set traps for them in the wet ground.
Roedd dolennau crog maleisus o fwsogl Sbaenaidd yn eu hamgylchynu.
Malignant hanging nooses of Spanish moss beset them.
Yn y pellter daeth yr anheddiad i'r golwg yn araf.

In the distance the settlement slowly came into sight.
Rhedodd trigolion hysterig allan o'r cytiau truenus.
Hysterical dwellers ran out of the miserable huts.
Fe wnaethon nhw glystyru o amgylch y grŵp o lusernau'n siglo.
They clustered around the group of bobbing lanterns.
Ymhell, ymhell ymlaen gellid clywed achos yr holl ofn.
Far, far ahead the cause of all the fear could be heard.
Roedd curiad mud y drymiau bellach yn glywadwy'n wan.
The muffled beat of drums was now faintly audible.
Ar adegau byddai'r gwynt yn newid ac yn datgelu synau gwahanol.
At times the wind shifted and revealed different sounds.
Roedd sgrechiadau ceulo yn glywadwy ar adegau anaml.
Curdling shrieks were audible at infrequent intervals.
Roedd llewyrch cochlyd fel petai'n hidlo trwy'r isdyfiant.
A reddish glare seemed to filter through the undergrowth.
Roedd yr ymsefydlwyr yn amharod i gael eu gadael ar eu pennau eu hunain eto.
The settlers were reluctant to be left alone again.
Ond gwrthodasant yn llwyr symud ymlaen chwaith.
But they point blank refused to move forwards either.
Felly aeth yr arolygydd a'i gydweithwyr ymlaen heb arweiniad.
So the inspector and his colleagues plunged on unguided.
Ac aethant i mewn i arcedau duon arswyd.
And they went into the black arcades of horror.
Roedd yr ardal yn un o enw drwg yn draddodiadol.
The region was one of traditionally evil repute.
Roedd y tiroedd yn anhysbys i raddau helaeth i ddynion gwyn.
The lands were substantially unknown by white men.
Nid oedd llawer o archwilwyr wedi croesi'r rhanbarthau hynny eto.
Not many explorers had traversed those regions yet.
Roedd yna chwedlau hefyd am lyn cudd.
There were also legends of a hidden away lake.

Corff o ddŵr heb ei weld o hyd gan olwg farwol.
A body of water still unglimpsed by mortal sight.
Dywedwyd bod creadur rhyfedd yn trigo yn y llyn.
In the lake it was said there dwelt a strange creature.
Peth polypws gwyn enfawr, di-ffurf gyda llygad llewyrchus.
A huge, formless white polypous thing with luminous eye.
Ac roedd ymsefydlwyr yn sibrwd am gythreuliaid ag asgell ystlumod.
And settlers whispered about bat-winged devils.
Hedfanasant i fyny allan o ogofâu o'r ddaear fewnol.
They flew up out of caverns from the inner earth.
Ac gyda'i gilydd mae'r cythreuliaid yn ei addoli am hanner nos.
And together the demons worship it at midnight.
Dywedon nhw ei fod wedi bod yno cyn D'Iberville.
They said it had been there before D'Iberville.
Dywedon nhw ei fod wedi bod yno cyn La Salle hefyd.
They said it had been there before La Salle too.
Dywedon nhw ei fod yno cyn yr Americanwyr Brodorol.
They said it was there before the Native Americans.
Efallai ei fod yno hyd yn oed cyn yr anifeiliaid iachus.
Perhaps it was even there before the wholesome beasts.
Hunllef ei hun oedd yn gwneud i ddynion freuddwydio.
It was a nightmare itself that made men dream.
Ac roedd gweld y peth yr un fath â marwolaeth.
And to see the thing was the same as death.
Ac felly roedd ganddyn nhw ddigon o rybudd i wybod i gadw draw.
And so they had enough warning to know to keep away.
Oherwydd dyna lle cawsant eu rhybuddio ei fod yn wir.
Because it was indeed where they were warned it was.
Roedd yr orgi voodoo ar gyrion yr ardal ffiaidd hon.
The voodoo orgy was on the fringe of this abhorred area.
Ond roedd y lleoliad eisoes yn ddigon drwg ynddo'i hun.
But the location was already bad enough by itself.
Dim ond ychwanegu at yr arswyd a wnaeth y gweithgareddau voodoo.

The voodoo activities only added to the horror.
Efallai y gallai barddoniaeth wneud cyfiawnder â'r synau a glywir.
Perhaps poetry could do justice to the noises heard.
Fel arall dim ond gwallgofrwydd fyddai'n helpu rhywun i ddeall.
Otherwise only madness would help one understand.
Ond mae Legrasse wedi aredig ymlaen trwy'r moras ddu.
But Legrasse's plowed on through the black morass.
Crisialwyd sŵn y drymio mud yn araf.
The sound of the muffled drumming slowly crystalized.
Ac fe barhaon nhw'n gyson tuag at y llewyrch coch.
And they continued steadily towards the red glare.

***

Mae yna rinweddau lleisiol sy'n benodol i ddynion.
There are vocal qualities specific to men.
Ac mae yna rinweddau lleisiol sy'n benodol i anifeiliaid.
And there are vocal qualities specific to beasts.
Mae'n ofnadwy pan fydd un yn gwneud synau'r llall.
It is terrible when one makes the sounds of the other.
Rhyddhaodd cynddaredd anifeiliaid hwy o'u cyfyngu gan ddynoliaeth.
Animal fury freed them of their human restraint.
Chwipiodd trwydded orgiastig nhw i uchelfannau cythreulig.
Orgiastic license whipped them into demoniac heights.
Udo a rhwygodd trwy'r coed tywyll hynny am byth.
Howls that tore through those perpetually dark woods.
Ecstasi sgrechian a oedd yn atseinio ym meddwl pawb.
Squawking ecstasies that echoed in everyone's mind.
Mae'n swnio fel stormydd pla o gaeau uffern.
Sounds like pestilential tempests from the gulfs of hell.
O bryd i'w gilydd byddai'r gweiddi llai trefnus yn dod i ben.
Now and then the less organized ululations would cease.
Cododd côr o leisiau cryg, wedi'u drilio'n dda, mewn canu.

A well-drilled chorus of hoarse voices rose in singsong.
Ac fe wnaethon nhw ganu'r ymadrodd erchyll hwnnw o'u defod.
And they chanted that hideous phrase of their ritual.
"Ph'nglui mglw'nafh Cthulhu R'lyeh wgah'nagl fhtagn"
"Ph'nglui mglw'nafh Cthulhu R'lyeh wgah'nagl fhtagn"
Yna cyrhaeddodd y dynion fan lle'r oedd y coed yn fwy prin.
Then the men reached a spot where the trees were sparser.
Yn sydyn maen nhw'n dod i olwg y sioe ei hun.
Suddenly they come in sight of the spectacle itself.
Roedd pedwar ohonyn nhw wedi crynu o'r pethau erchyll a welsant.
Four of them reeled from the horrible things they saw.
Llewygodd un dyn, a chafodd dau eu hysgwyd i grio'n wyllt.
One man fainted, and two were shaken into a frantic cry.
Yn ffodus ni chlywodd clustiau eraill eu sgrechiadau.
Fortunately their screams were not heard by other ears.
Fe wnaeth cacoffoni gwallgof yr orgie ddiffodd eu sgrechiadau.
The mad cacophony of the orgy deadened their screams.
Tasgodd Legrasse ddŵr cors ar y dyn oedd yn llewygu.
Legrasse splashed swamp water on the fainting man.
Safasant i fyny eto, ond bron wedi eu hypnoteiddio gan arswyd.
They stood up again, but nearly hypnotized with horror.
Mewn llannerch naturiol yn y gors safai ynys laswelltog.
In a natural glade of the swamp stood a grassy island.
Roedd yr ynys laswelltog yn ymestyn efallai am erw.
The grassy island extended perhaps for an acre.
Ac roedd yr ardal yn glir o goed ac yn gymharol sych.
And the area was clear of trees and tolerably dry.
Neidiodd a throelli llu o annormaledd dynol.
A horde of human abnormality leaped and twisted.
Ni allai unrhyw Sime beintio'r hyn yr oedd y dynion yn ei weld.
No Sime could paint what the men were seeing.

Nid oes unrhyw Angarola erioed wedi peintio golygfa mor annisgrifiadwy.

No Angarola has ever painted such an indescribable scene.

Gwnaeth y silliad hybrid goelcerth siâp cylch anferth.

The hybrid spawn made a monstrous ring-shaped bonfire.

Fe wnaethon nhw flino, bloeddio a throelli o gwmpas yn eu noethni.

They brayed bellowed and writhed about in their nudity.

O bryd i'w gilydd roedd rhwygiadau yn llen y fflam.

Occasionally there were rifts in the curtain of flame.

Ac yno y datgelodd gwrthrych eu haddoliad ei hun.

And there the object of their worship revealed itself.

Yng nghanol y tân safai monolith gwenithfaen mawr.

In the midst of the fire stood a great granite monolith.

Dim ond tua wyth troedfedd o uchder oedd y strwythur carreg.

The stone structure was only about eight feet in height.

Ac roedd y cerflun cerfiedig niweidiol yn gorffwys ar y monolith.

And the noxious carven statuette rested on the monolith.

Roedd y segur bron yn anghydnaws yn ei fachder.

The idle was almost incongruous in its diminutiveness.

Wedi'u gwasgaru'n gyfartal, roedd sgaffaldiau wedi'u codi o amgylch y tân.

Spaced evenly, scaffolds had been erected around the fire.

O'r sgaffaldiau roedd nifer o gyrff wedi'u difrodi yn hongian.

From the scaffolding hung a number of marred bodies.

Cyrff y rhai a oedd wedi diflannu o'r cyffiniau.

The bodies of those that had disappeared from nearby.

Y tu mewn i'r cylch hwn yr oedd cylch yr addolwyr .

It was inside this circle the ring of worshipers were.

Ac fe rhuon nhw a neidio yn y trance gwyllt.

And they roared and jumped in the frantic trance.

Cyfeiriad cyffredinol y symudiad oedd gwrthglocwedd.

The general direction of the motion was anti-clockwise.

Y cylch o gyrff yn cylchdroi o amgylch y cylch o dân.

The ring of bodies circling around the ring of fire.

Cofiodd un dyn fanylion eraill a oedd hyd yn oed yn fwy pryderus.

One man recollected other details even more concerning.

Ond efallai bod yr adleisiau wedi ei beri i glywed pethau eraill.

But perhaps the echoes induced him to hear other things.

Roedd yn dychmygu ei fod yn clywed ymatebion antiffonaidd i'r ddefod.

He fancied he heard antiphonal responses to the ritual.

Sŵn o fan heb ei oleuo yn ddyfnach yn y coed.

Noises from an unillumined spot deeper within the woods.

Cyfarfûm â'r dyn hwn, Joseph D. Galvez, yn ddiweddarach a'i holi.

This man, Joseph D. Galvez, I later met and questioned.

Ac fe brofodd yn wir ei fod yn ddychmygus o dynnu sylw.

And he proved to indeed be distractingly imaginative.

Fe awgrymodd hyd yn oed guriad gwan adenydd mawr.

He even hinted at the faint beating of great wings.

Ac awgrymodd fod cipolwg ar lygaid disglair.

And he suggested there was a glimpse of shining eyes.

A thu hwnt i'r coed, swmp gwyn mynyddig o rywbeth.

And beyond the trees, a mountainous white bulk of something.

Mae'n debyg ei fod wedi clywed gormod o ofergoelion brodorol.

I suppose he had heard too much native superstition.

Ond mewn gwirionedd roedd yr saib arswydus yn gymharol fyr.

But actually the horrified pause was relatively brief.

Dyletswydd oedd yn dod yn gyntaf, ac roedden nhw wedi dod i wneud gwaith.

Duty came first, and they had come to do a job.

***

Rhaid bod bron i gant o weinyddion cymysg wedi bod.

There must have been nearly a hundred mongrel celebrants.
Ond roedd yr heddlu'n gallu dibynnu ar eu harfau tân.
But the police were able to rely on their firearms.
Ac fe blymiodd nhw'n benderfynol i'r llwybr cyfoglyd.
And they plunged determinedly into the nauseous rout.
Am bum munud roedd y sŵn anhrefnus y tu hwnt i ddisgrifiad.
For five minutes the chaotic din was beyond description.
Tarwyd ergydion gwyllt a thaniwyd ergydion.
Wild blows were struck and shots were fired.
Dihangodd rhai rhag cael eu harestio drwy redeg i'r tywyllwch.
Some escaped arrest by running into the darkness.
Roedd ganddyn nhw well gwybodaeth am gynllun y gors.
They had a better knowledge of the layout of the swamp.
Ond daliodd Legrasse a'i ddynion tua hanner ohonyn nhw.
But Legrasse and his men caught around half of them.
Ac fe wnaethon nhw gyfrif tua pedwar deg saith o garcharorion sur.
And they counted around forty-seven sullen prisoners.
Gorfodwyd hwy i wisgo eu dillad eto.
They were forced to put on their clothes again.
Ac fe syrthiasant i mewn i linell rhwng dwy res o heddweision.
And they fell into line between two rows of policemen.
Roedd pump o'r addolwyr yn gorwedd yn farw wrth y tân.
Five of the worshipers lay dead by the fire.
Cludwyd dau garcharor a anafwyd yn ddifrifol i ffwrdd.
Two severely wounded prisoners were carried away.
Wrth gwrs, cafodd y ddelwedd ar y monolith ei thynnu.
Of course the image on the monolith was removed.
Aeth Legrasse ei hun â'r dystiolaeth i'r orsaf heddlu.
Legrasse himself took the evidence to the police station.
Roedd y daith yn ôl i'r pencadlys yn straen dwys.
The trip back to the headquarters was of intense strain.
Archwiliwyd y dynion pan gyrhaeddon nhw'n ôl i wareiddiad.

The men were examined when they got back to civilization.
Profodd y carcharorion i gyd eu bod yn ddynion o fath isel iawn.
The prisoners all proved to be men of a very low type.
Roedden nhw i gyd o waed cymysg, ac yn feddyliol afreolaidd.
They were all mixed-blooded, and mentally aberrant.
Morwyr oedd y rhan fwyaf wrth eu crefft, neu ryw broffesiynau tebyg.
Most were seamen by trade, or some similar professions.
Roedd negroaid a mulatos wedi'u gwasgaru yn eu plith.
Negroes and mulattoes were sprinkled among them.
Ond roedd yn ymddangos bod y rhan fwyaf yn Indiaid y Gorllewin neu'n Bortiwgeaid Brava.
But most seemed to be West Indians or Brava Portuguese.
Daethant yn bennaf o Ynysoedd Cape Verde.
They primarily came from the Cape Verde Islands.
Rhoddasant liw o fwdŵaeth i'r cwlt heterogenaidd.
They gave the heterogeneous cult a coloring of voodooism.
Ond doedd dim angen gofyn gormod o gwestiynau hyd yn oed.
But there wasn't even a need to ask too many questions.
Daeth y casgliad yn amlwg yn gyflym ar ei ben ei hun.
The conclusion quickly became manifest by itself.
Roedd rhywbeth llawer dyfnach na fetishiaeth negro yn gysylltiedig.
Something far deeper than negro fetishism was involved.
Er eu bod yn anwybodus, ond roedd eu stori'n gyson.
Although ignorant, but their story was consistent.
Siaradodd y creaduriaid i gyd am yr un syniad canolog.
The creatures all spoke of the same central idea.
Yn sicr roedden nhw i gyd yn rhannu'r un ffydd ffiaidd.
They certainly all shared the same loathsome faith.
Roedden nhw'n addoli, medden nhw, yr hen rai mawr.
They worshiped, so they said, the great old ones.
Roedd yr hen rai mawr yn byw ymhell cyn bod unrhyw ddynion.

The great old ones lived long before there were any men.
A daethant i'r byd ifanc allan o'r awyr.
And they came to the young world out of the sky.
Roedd yr hen rai hynny wedi mynd bellach, egluron nhw.
Those old ones were now gone, they explained.
Roedden nhw bellach y tu mewn i'r ddaear a than y môr.
They were now inside the earth and under the sea.
Ond daeth eu cyrff marw o hyd i ffyrdd o ddweud eu cyfrinachau.
But their dead bodies found ways to tell their secrets.
Sibrydasant i freuddwydion y dynion cyntaf.
They whispered into the dreams of the first men.
A ffurfiodd y dynion cyntaf gwlt nad yw erioed wedi marw.
And the first men formed a cult which has never died.

****

Roedd y cwlt wedi bodoli erioed, a byddai'n bodoli bob amser.
The cult had always existed, and always would exist.
Roedd eu dilynwyr wedi'u cuddio mewn diffaith ledled y byd.
Their followers were hidden in wastes all over the world.
Roedd eu dilynwyr mewn mannau tywyll a anwybyddwyd gan archwilwyr.
Their followers were in dark places explorers overlooked.
A byddent yn aros yn gudd nes eu bod yn cael eu galw.
And they would remain hidden until they were called.
Pan fydd yr offeiriad mawr Cthulhu yn codi eto i'r wyneb.
When the great priest Cthulhu rises again to the surface.
Pan fydd Cthulhu yn dod â'r ddaear eto dan ei ddylanwad.
When Cthulhu brings the earth again beneath his sway.
Pan fydd Cthulhu yn gadael ei dŷ tywyll yn ninas gadarn R'lyeh.
When Cthulhu leaves from his dark house in the mighty city of R'lyeh.

Ryw ddiwrnod roedd e'n mynd i ffonio, pan fyddai'r sêr yn barod.

Some day he was going call, when the stars were ready.

A bydd y cwlt cyfrinachol bob amser yn aros i'w ryddhau.

And the secret cult will always be waiting to liberate him.

Yn y cyfamser, ni ddylid adrodd mwy o'i stori.

Meanwhile, no more of his story must be told.

Roedd cyfrinach na allai hyd yn oed artaith ei ddatgelu.

There was a secret even torture could not extract.

Nid oedd dynoliaeth ar ei phen ei hun ymhlith pethau ymwybodol y ddaear.

Mankind was not alone among the conscious things of earth.

Oherwydd daeth siapiau allan o'r tywyllwch i ymweld â'r ychydig ffyddlon.

Because shapes came out of the dark to visit the faithful few.

Ond nid y rhain oedd yr hen rai gwych.

But these were not the great old ones.

Ni welodd neb erioed yr hen rai mawrion.

No man had ever seen the great old ones.

Yr eilun cerfiedig oedd o Cthulhu mawr.

The carven idol was of great Cthulhu.

Ni allai neb ddweud a oedd y lleill fel ef.

None could say whether the others were like him.

Ni allai neb ddarllen yr hen ysgrifen bellach.

No one could read the old writing now.

Yn hytrach, dywedwyd pethau ar lafar.

Instead, things were told by word of mouth.

Nid y ddefod a ganwyd oedd y gyfrinach.

The chanted ritual was not the secret.

Ni ddywedwyd y gyfrinach yn uchel byth, dim ond sibrwd.

The secret was never spoken aloud, only whispered.

Roedd y siant yn golygu un peth, ac un peth yn unig:

The chant meant one thing, and one thing alone:

"Yn ei dŷ yn R'lyeh mae Cthulhu marw yn aros yn breuddwydio."

"In his house at R'lyeh dead Cthulhu waits dreaming."

Dim ond dau o'r carcharorion a gafwyd yn ddigon call i gael eu crogi.

Only two of the prisoners were found sane enough to be hanged.

Roedd y gweddill ohonyn nhw wedi ymrwymo i wahanol sefydliadau.

The rest of them were committed to various institutions.

Gwadodd pob un ohonynt eu bod wedi cymryd unrhyw ran yn y llofruddiaethau defodol.

All denied to have taken any part in the ritual murders.

Dywedon nhw fod y lladd wedi cael ei wneud gan rywbeth arall.

They said the killing had been done by something else.

"Y rhai asgellog du," mynnodd pob un, ar wahân.

"The black-winged ones," the each insisted, separately.

Roeddent wedi dod atynt o'u man cyfarfod erioed.

They had come to them from their immemorial meeting-place.

Roeddent wedi codi o'r coetiroedd ysbrydion.

They had arisen out from the haunted woodlands.

Ond roedd straeon cynghreiriaid dirgel yn anghyson.

But the stories of mysterious allies were inconsistent.

***

Daeth yr hyn a echdynnodd yr heddlu gan un dyn yn bennaf.

What the police did extract came mainly from one man.

Mestizo hynod o oedrannus o'r enw Castro.

An immensely aged mestizo named Castro.

Honnodd ei fod wedi hwylio i borthladdoedd dieithr.

He claimed to have sailed to strange ports.

A dywedodd ei fod wedi bod i fynyddoedd Tsieina.

And he said he had been to the mountains of China.

Yno bu'n siarad ag arweinwyr tragwyddol y cwlt.

There he talked with undying leaders of the cult.

Cofiai hen Castro ddarnau o chwedl erchyll.

Old Castro remembered bits of hideous legend.

Roedd ei chwedlau yn pylu dyfaliadau theosoffyddion.
His legends paled the speculations of theosophists.
Roedd ei straeon yn gwneud i ddyn ymddangos fel creadigaeth ddiweddar.
His stories made man seem like a recent creation.
Roedd hyd yn oed y byd yn fyrhoedlog yn ei ddisgrifiad o bethau.
Even the world was transient in his account of things.
Roedd yna oesau pan oedd Pethau eraill yn teyrnasu ar y ddaear.
There had been eons when other Things ruled on the earth.
Ac roedd ganddyn nhw ddinasoedd mawrion yma ar y ddaear.
And they had had great cities here on the earth.
Dywedodd y Tsieineaid anfarwol gyfrinachau neilltuedig wrtho.
The deathless Chinaman told him reserved secrets.
Roedd wedi dweud wrtho y gellid dod o hyd i'w hadfeilion o hyd.
He had told him their ruins could still be found.
Roedd cerrig Seicloaidd o hyd ar ynysoedd yn y Môr Tawel.
There were still Cyclopean stones on islands in the Pacific.
Buont farw cyfnodau helaeth o amser cyn i ddyn ddod.
They all died vast epochs of time before man came.
Ond roedd gwybodaeth ac arferion mewn celfyddydau hynafol.
But there were knowledges and practices in ancients arts.
Defodau arbennig a allai eu hadfywio eto, ymhen amser.
Special rituals which could revive them again, in time.
Yng nghylch tragwyddoldeb roedd eu dychweliad yn anochel.
In the cycle of eternity their return was inevitable.
Pan ddaw'r sêr eto i'r safleoedd cywir
When the stars come round again to the right positions
Roedden nhw, yn wir, wedi dod o'r sêr eu hunain.
They had, indeed themselves come from the stars.
"'Y rhai gwych hyn," parhaodd Castro.

"These great old ones," Castro continued.
Nid oeddent wedi'u gwneud yn gyfan gwbl o gnawd a gwaed.
They were not composed entirely of flesh and blood.
Roedd ganddyn nhw siâp," mynnodd Castro, yn hyderus.
They had shape," Castro insisted, confidently.
Ac roedd ganddo brawf rhyfedd am yr hyn yr oedd yn ei gredu.
And he had strange proof for what he believed.
Ond nid oedd y siâp a gymerasant wedi'i wneud o fater.
But the shape they took on was not made of matter.
Pan oedd y sêr yn eu safleoedd cywir.
When the stars were in their right positions.
Yna gallent blymio o un byd i'r llall.
Then they could plunge from one world to another.
Oherwydd eu bod nhw'n gallu symud eu hunain drwy'r awyr.
Because they can move themselves through the sky.
Ond pan oedd y sêr yn anghywir, ni allant fyw.
But when the stars were wrong, they cannot live.
Ac mae'n wir nad ydyn nhw'n byw fel rydyn ni'n ei wneud mwyach.
And it is true that they no longer live like we do.
Ond er gwaethaf hynny, dydyn nhw byth yn marw mewn gwirionedd chwaith.
But despite that, they never really die either.
Maent yn gorffwys mewn tai cerrig yn eu dinas fawr R'lyeh.
They rest in stone houses in their great city of R'lyeh.
Fe'u cadwr gan swynion Cthulhu nerthol.
They are preserved by the spells of mighty Cthulhu.
Felly dyna lle maen nhw'n gorwedd, heb eu heffeithio gan dreigl amser.
So there they lie, unaffected by the passing of time.
Ac maen nhw'n aros am atgyfodiad gogoneddus arall.
And they wait for another glorious resurrection.
Pan fydd y sêr a'r ddaear yn barod ar eu cyfer eto.
When the stars and earth are ready for them again.

Ond maen nhw'n dal i fod yn ddibynnol ar rym allanol.

But they are still dependent on an outside force.

Gwasanaethodd grym o'r tu allan i ryddhau eu cyrff.

A force from outside served to liberate their bodies.

Fe wnaeth y swynion eu cadw a'u cadw'n gyfan.

The spells preserved them and kept them intact.

Ond roedd y swynion hefyd yn eu hatal rhag torri'n rhydd.

But the spells also kept them from breaking free.

Felly dim ond gorwedd yn effro yn y tywyllwch a meddwl y gallent.

So they could only lie awake in the dark and think.

***

Yn y cyfamser, aeth miliynau dirifedi o flynyddoedd heibio.

In the meantime uncounted millions of years rolled by.

Roedden nhw'n gwybod popeth oedd yn digwydd yn y bydysawd.

They knew all that was occurring in the universe.

Oherwydd bod eu dull lleferydd yn cael ei drosglwyddo i feddwl.

Because their mode of speech was transmitted thought.

Hyd yn oed nawr roedden nhw'n siarad yn eu beddau.

Even now they were talking in their tombs.

Yna, ar ôl anfeidrolrwydd o anhrefn, daeth y dynion cyntaf.

Then, after infinities of chaos, the first men came.

Siaradodd yr hen rai mawr â'r rhai sensitif yn eu plith.

The great old ones spoke to the sensitive among them.

Siaradasant â nhw trwy fowldio eu breuddwydion.

They spoke to them by molding their dreams.

Dim ond fel 'na y gallai eu hiaith gyrraedd meddyliau cnawdol mamaliaid.

Only that way could their language reach the fleshly minds of mammals.

Yna, sibrydodd Castro, ffurfiodd y dynion cyntaf hynny'r cwlt.

Then, whispered Castro, those first men formed the cult.

Fe wnaethon nhw drefnu eu hunain o amgylch eilunod bach.
They organized themselves around small idols.
Yr eilunod bach a ddangosodd y rhai mawr iddynt.
The small idols which the great ones had shown them.
Delwau a ddygwyd o oesau tywyll o sêr tywyll.
Idols brought from dim eras from dark stars.
Ni fyddai'r cwlt hwnnw byth yn marw nes i'r sêr ddod yn iawn eto.
That cult would never die till the stars came right again.
Roedd yr offeiriaid cudd yn mynd i gymryd Cthulhu mawr o'i feddrod.
The secret priests were going to take great Cthulhu from His tomb.
Ac roedden nhw'n mynd i adfywio Ei ddeiliaid.
And they were going to revive His subjects.
Ac yna roedd Cthulhu yn mynd i ailddechrau ei reolaeth dros y ddaear.
And then Cthulhu was going to resume His rule of earth.
Roedd yr amser cywir yn mynd i ddatgelu ei hun yn eithaf clir.
The right time was going to reveal itself quite clearly.
Bryd hynny bydd dynolryw wedi dod fel yr hen rai mawr.
At that time mankind will have become as the great old ones.
Byddan nhw'n rhydd ac yn wyllt a thu hwnt i dda a drwg.
They will be free and wild and beyond good and evil.
Bydd cyfreithiau a moesau yn cael eu taflu o'r neilltu.
Laws and morals are going to be thrown aside.
Bydd yr holl ddynion yn gweiddi ac yn lladd ac yn ymhyfrydu mewn llawenydd.
All men will be shouting and killing and reveling in joy.
Yna bydd yr hen rai rhyddhaol yn dysgu'r ffyrdd newydd iddyn nhw.
Then the liberated old ones will teach them the new ways.
Ffyrdd newydd o weiddi a lladd a mwynhau a mwynhau.
New ways to shout and kill and revel and enjoy.

A bydd yr holl ddaear yn fflamio â holocost o ecstasi a rhyddid.
And all the earth will flame with a holocaust of ecstasy and freedom.
Yn y cyfamser, roedd yn rhaid i'r cwlt ymarfer y defodau priodol.
Meanwhile the cult had to practice the appropriate rites.
Roedd yn rhaid iddyn nhw gadw atgof yr hen ffyrdd hynny yn fyw.
They had to keep alive the memory of those ancient ways.
Ac roedd yn rhaid iddyn nhw gysgodi proffwydoliaeth eu dychweliad.
And they had to shadow forth the prophecy of their return.
Yn yr hen amser, siaradodd dynion etholedig â'r Hen Rhai sydd wedi'u claddu.
In the elder time chosen men spoke with the entombed Old Ones.
Siaradodd yr Hen Rhai sydd wedi'u claddu â nhw yn eu breuddwydion.
The entombed Old Ones spoke to them in their dreams.
Ond yna fe wnaeth rhywbeth darfu ar eu dulliau cyfathrebu.
But then something disturbed their means of communication.
Roedd y garreg fawr yn y ddinas R'lyeh wedi suddo o dan y tonnau.
The great stone in the city R'lyeh had sunk beneath the waves.
Ac roedd y monolithau a'r beddau o dan y dyfroedd.
And the monoliths and sepulchers were beneath the waters.
Dyfroedd dwfn yn llawn yr un dirgelwch cyntefig.
Deep waters full of the one primal mystery.
Dyfroedd na all hyd yn oed meddwl basio drwyddynt.
Waters through which not even thought can pass.
Dŵr a dorrodd eu cyfathrebu sbectrol i ffwrdd.
Water that cut off their spectral communication.
Ond ni bu farw cof y defodau a'r defodau byth.
But the memory of the rites and rituals never died.
A dywedodd yr archoffeiriaid y byddai'r ddinas yn codi eto.
And high priests said that the city would rise again.

Pan fyddai'r sêr yn iawn, roedd Cthulhu yn mynd i ddychwelyd.
When the stars were right Cthulhu was going to return.
Bydd ysbrydion duon llwyd y ddaear yn dod allan eto.
The moldy black spirits of the earth will come out again.
Ysbrydion duon cysgodol yn llawn sibrydion pylu.
Shadowy black spirits full of dim rumors.

***

Casglodd yr ysbrydion mewn ogofâu o dan waelodion y môr anghofiedig.
The spirits collected in caverns beneath forgotten sea-bottoms.
Ond am yr ysbrydion hynny ni feiddiodd hen Castro siarad llawer.
But of those spirits old Castro dared not speak much.
Ac fe dorrodd ei hun i ffwrdd o'r pwnc ar frys.
And he hurriedly cut himself off from the topic.
Ni allai unrhyw faint o berswâd ysgogi mwy i'r cyfeiriad hwn.
No amount of persuasion could elicit more in this direction.
Ni allai unrhyw gynildeb ei berswadio i siarad am yr ysbrydion hynny.
No subtlety could convince him to speak of those spirits.
Gwrthododd sôn, yn rhyfedd, am faint yr hen rai hefyd.
The size of the old ones, too, he curiously declined to mention.
Ac am y cwlt y siaradodd ychydig iawn chwaith.
And of the cult he spoke very little too.
Roedd yn meddwl bod y canol yng nghanol anialwch di-lwybr Arabia.
He thought the center lay amid the pathless deserts of Arabia.
Yno yn Irem, Dinas y Pileri, breuddwydion wedi'u cuddio a heb eu cyffwrdd.
There in Irem, the City of Pillars, dreams hidden and untouched.
Nid oedd y cwlt hwn yn gysylltiedig â chwlt gwrachod Ewrop.

This cult was not allied to the European witch-cult.
Ac roedd y cwlt bron yn anhysbys y tu hwnt i'w aelodau.
And the cult was virtually unknown beyond its members.
Nid oedd unrhyw lyfr erioed wedi awgrymu eu gwybodaeth mewn gwirionedd.
No book had ever really hinted of their knowledge.
Er bod y Tsieineaid anfarwol wedi dweud bod yr Arab gwallgof Abdul Alhazred wedi dod yn agos.
Though the deathless Chinamen said the mad Arab Abdul Alhazred came close.
Dywedodd fod ystyron dwbl yn ei Necronomicon.
He said that there were double meanings in his Necronomicon.
Roedd y rhai a gychwynnwyd yn rhydd i'w ddarllen os oeddent am wneud hynny.
The initiated were free to read it if they wanted to.
A dylent roi sylw i un cwpled yn benodol.
And they should pay attention to one couplet in particular.
"Gall yr hyn nad yw wedi marw gysgu am byth,"
"That which is not dead can sleep for eternity,"
"A chyda oesoedd rhyfedd gall hyd yn oed marwolaeth farw."
"And with strange eons even death may die."
Roedd Legrasse wedi cael ei argraffu'n fawr gan yr hyn a glywodd.
Legrasse had been deeply impressed by what he heard.
Ac nid oedd ychydig yn ddryslyd gan y stori.
And he was not a little bewildered by the tale.
Holiodd yn ofer am gysylltiadau hanesyddol y cwlt.
He inquired in vain about the historic affiliations of the cult.
Mae'n debyg bod Castro wedi dweud y gwir am y llw cyfrinachedd.
Castro, apparently, had told the truth about the oath of secrecy.
Ni allai'r awdurdodau ym Mhrifysgol Tulane gynnig llawer o gymorth chwaith.

The authorities at Tulane University could not offer much help either.
Ni allent daflu goleuni ar y cwlt na'r ddelwedd.
The were not able to shed no light upon neither cult, nor the image.
Ac yn awr roedd y ditectif wedi dod at yr awdurdodau uchaf yn y wlad.
And now the detective had come to the highest authorities in the country.
Ac ni chlywodd neb llai na stori'r Athro Webb yng Ngroenland.
And he heard none other than Professor Webb' tale in Greenland.

***

Enynnodd stori Legrasse ddiddordeb mawr yn y cyfarfod.
Legrasse's tale aroused feverish interest at the meeting.
Nid yn unig yr oedd y stori'n arwyddocaol yn ei goblygiadau.
The story was not only significant in its implications.
Ond cadarnhawyd y stori hefyd gan y cerflun.
But the story was also corroborated by the statuette.
Atseiniodd y cyffro yn y gohebiaeth ddilynol.
The excitement echoed in the subsequent correspondence.
Arhosodd y rhai a fynychodd mewn cysylltiad agos â'i gilydd.
Those who attended stayed in close contact with each other.
Er nad oes llawer o sôn amdano yn y cyhoeddiadau ffurfiol.
Although scant mention occurs in the formal publications.
Rhybudd yw gofal cyntaf y rhai sydd wedi arfer â siarlataniaeth.
Caution is the first care of those accustomed to charlatanry.
Mae twyllodrusrwydd yn cael ei gadw allan cymaint ag y bo modd.
Impostures are kept out as much as it is possible.

Am beth amser, benthycodd Legrasse y ddelwedd i'r Athro Webb.

Legrasse for some time lent the image to Professor Webb.

Ond ar farwolaeth yr olaf dychwelwyd y ddelwedd iddo.

But at the latter's death the image was returned to him.

Ac mae'r ddelwedd yn parhau ym meddiant Legrasse.

And the image remains in Legrasse's possession.

Dyma lle gwelais y ddelwedd ofnadwy nid pell yn ôl.

This is where I viewed the terrible image not long ago.

Mae'r ddelwedd yn ddiamheuol debyg i gerflun breuddwydion Wilcox.

The image is unmistakably akin to Wilcox' dream-sculpture.

Nid oedd syndod bod fy ewythr mor gyffrous gan ei stori.

It was no wonder my uncle was so excited by his tale.

Ac nid wyf yn synnu ei fod wedi gwneud yr ymdrechion a wnaeth.

And I'm not surprised he made the efforts he made.

Roedd wedi clywed popeth roedd Legrasse yn ei wybod am y cwlt.

He had heard everything Legrasse knew of the cult.

A breuddwydion cwltaidd rhyfedd dyn ifanc sensitif.

And the strange cultish dreams of a sensitive young man.

Y bas-relief yn union fel yr un o'r gors.

The bas-relief just like the one from the swamp.

Ychwanegu tabled y diafol yng Ngroenland.

The addition of the devil tablet in Greenland.

Yr union eiriau a ddefnyddir mewn tri digwyddiad anghysbell.

The exact same words used in three remote occurrences.

Y diafoliaid Eskimo, y mongrels yn Louisiana, ac yna Wilcox.

The Eskimo diabolists, the mongrels in Louisiana, and then Wilcox.

Pa gasgliad arall y gallai rhywun fod wedi dod iddo?

What other conclusion could one possibly have come to?

Mae'n naturiol bod yr Athro Angel wedi dilyn y casgliad hwn.

It's only natural Professor Angel pursued this conclusion.
Ac ni fyddwn wedi disgwyl iddo fod yn llai trylwyr.
And I wouldn't have expected him to be less thorough.
Roedd fy hen ewythr yn ddyn o drylwyredd academaidd egwyddorol.
My great-uncle was a man of principled academic rigor.
Er yn breifat roedd gen i theorïau credadwy eraill hefyd.
Though privately I also had other plausible theories.
Roeddwn i'n amau bod Wilcox ifanc wedi clywed am y cwlt.
I suspected young Wilcox of having heard of the cult.
Efallai ei fod wedi clywed am y cwlt mewn rhyw ffordd anuniongyrchol.
Maybe he had heard of the cult in some indirect way.
Gallai fod wedi dyfeisio cyfres o freuddwydion yn hawdd.
He could easily have invented a series of dreams.
Fel 'na gallai ddwysáu a pharhau â'r dirgelwch.
That way he could heighten and continue the mystery.
Wrth gwrs, roedd y naratifau breuddwydiol a'r toriadau a gasglwyd yn cadarnhau.
The dream-narratives and cuttings collected did of course corroborate.
Ond nid oedd rhesymoliaeth fy meddwl wedi'i bodloni eto.
But the rationalism of my mind had not yet been satisfied.
Gall cyd-ddigwyddiadau ffurfio rhithdybiau hynod gredadwy hefyd.
Coincidences can form highly believable illusions too.
Ac mae'n rhaid i ni gofio afradlonedd y pwnc cyfan.
And we have to bear in mind the extravagance of the whole subject.
Felly cefais fy arwain i fabwysiadu'r hyn a ystyriais yn gasgliadau mwyaf synhwyrol.
So I was led to adopt what I thought the most sensible conclusions.
Astudiais y llawysgrif yn drylwyr o'r cychwyn cyntaf.
I thoroughly studied the manuscript from the beginning.
Ac fe wnes i gydberthyn y nodiadau theosoffolegol ac anthropolegol.

And I correlated the theosophical and anthropological notes.
Cymharais y llenyddiaeth â naratif cwlt Legrasse.
I compared the literature with the cult narrative of Legrasse.
Es i i Providence i weld y cerflunydd.
I made a trip to Providence to see the sculptor.
Ac roeddwn i'n bwriadu rhoi'r gerydd iddo roeddwn i'n ei ystyried yn briodol.
And I intended to give him the rebuke I thought proper.
Rhaid bod canlyniadau, teimlais i, am y tric a chwaraeodd.
There must be consequences, I felt, for the trick he played.
Roedd wedi gorfodi ei hun yn feiddgar ar ddyn dysgedig ac oedrannus.
He had boldly imposed himself upon a learned and aged man.

***

Roedd Wilcox yn dal i fyw ar ei ben ei hun lle roedd fy ewythr wedi cwrdd ag ef.
Wilcox still lived alone where my uncle had met him.
Yn Adeilad Fleur-de-Lys yn Stryd Thomas.
In the Fleur-de-Lys Building in Thomas Street.
Efelychiad Fictoraidd erchyll o bensaernïaeth Lydaw o'r ail ganrif ar bymtheg.
A hideous Victorian imitation of Seventeenth Century Breton architecture.
Roedd yr adeilad yn dangos ei flaen stwco ymhlith ei amgylchoedd.
The building flaunted its stuccoed front amidst its surroundings.
Roedd tai trefedigaethol hyfryd ar y bryn hynafol.
There were lovely Colonial houses on the ancient hill.
Ac roedd y tŷ yn sefyll dan gysgod y clochdwr Sioraidd gorau yn America.
And the house stood under the shadow of the finest Georgian steeple in America.
Fe'i darganfyddais wrth ei waith yn ei ystafelloedd, ymhlith ei gerfluniau.

I found him at work in his rooms, among his sculptures.
Daeth y sbesimenau a wasgarwyd o feddwl unigryw iawn.
The specimens scattered came from a very unique mind.
Ar unwaith cyfaddefais fod ei athrylith yn wir ddofn a dilys.
At once I conceded that his genius is indeed profound and authentic.
Mae wedi crisialu mewn clai yr hyn y mae Arthur Machen yn ei alw i gof mewn rhyddiaith.
He has crystallized in clay that which Arthur Machen evokes in prose.
Adlewyrchodd mewn marmor yr hunllefau a osodwyd gan Clark Ashton Smith ar gynfas.
He mirrored in marble the nightmares Clark Ashton Smith put to canvas.
Credaf y bydd rhywun yn sôn amdano ryw ddydd fel un o'r dirywwyr mawr.
He will, I believe, be spoken of one day as one of the great decadents.
Roedd yn dywyll, yn fregus, ac yn eithaf flêr ei olwg.
He was dark, frail, and somewhat unkempt in aspect.
Trodd yn ddiog wrth i mi gnocio ar ei ddrws.
He turned languidly at my knock on his door.
Wnaeth e ddim codi o'i sedd pan ddes i i mewn.
He didn't rise from his seat when I came in.
A gofynnodd i mi beth oedd pwrpas fy ymweliad.
And he asked me what the purpose of my visit was.
Pan ddywedais wrtho pwy oeddwn i, fe enynnodd ei ddiddordeb.
When I told him who I was his interest was piqued.
Roedd fy ewythr wedi cyffroi ei chwilfrydedd trwy archwilio ei freuddwydion rhyfedd.
My uncle had excited his curiosity by probing his strange dreams.
Er nad oedd erioed wedi egluro'r rheswm dros yr astudiaeth.
Although he had never explained the reason for the study.
Ni wnes i ehangu ei wybodaeth yn hyn o beth.
I did not enlarge his knowledge in this regard.

Ond ceisiais gyda rhywfaint o gynildeb ennill ei hyder.

But I sought with some subtlety to gain his confidence.

Mewn cyfnod byr cefais fy argyhoeddi o'i ddiffuantrwydd llwyr.

In a short time I became convinced of his absolute sincerity.

Siaradodd am y breuddwydion mewn modd na allai neb ei gamgymryd.

He spoke of the dreams in a manner none could mistake.

Roedd gweddillion isymwybod ei freuddwydion wedi dylanwadu'n ddwfn ar ei gelf.

His dreams' subconscious residuum had influenced his art profoundly.

Dangosodd gerflun morbid i mi o'r fath nad oeddwn erioed wedi'i weld o'r blaen.

He showed me a morbid statue of the likes I had never seen before.

Bron â gwneud i amlinelliadau'r cerflun fy nghrynu gan ofn.

The statue's contours almost made me shake with fear.

Roedd cryfder awgrym du'r cerflun yn ormesol.

The potency of the statue's black suggestion was overbearing.

Ni allai gofio gweld gwreiddiol y peth hwn.

He could not recall having seen the original of this thing.

Ond ysbrydolwyd y cerflun gan ei bas-relief breuddwydiol ei hun.

But the statue was inspired by his own dream bas-relief.

Roedd yr amlinelliadau wedi ffurfio eu hunain yn anweledig o dan ei ddwylo.

The outlines had formed themselves insensibly under his hands.

Does dim dwywaith mai'r siâp anferth yr oedd wedi ei weiddi mewn deliriwm ydoedd.

It was, no doubt, the giant shape he had raved of in delirium.

Nad oedd yn gwybod dim byd mewn gwirionedd am y cwlt cudd, fe'i gwnaeth yn glir yn fuan.

That he really knew nothing of the hidden cult he soon made clear.

Dim ond catecism di-baid fy ewythr oedd wedi rhoi rhai cliwiau iddo,

Only my uncle's relentless catechism had given him some clues,

Ac unwaith eto ymdrechais i egluro'r casgliadau amlwg.

And again I strove to explain the obvious conclusions away.

Sut y gallai fod wedi derbyn yr argraffiadau rhyfedd?

How he could possibly have received the weird impressions?

Siaradodd am ei freuddwydion mewn modd rhyfedd o farddonol.

He talked of his dreams in a strangely poetic fashion.

Gwnaeth i mi weld golygfeydd ei freuddwyd gyda bywiogrwydd ofnadwy.

He made me see with terrible vividness the vistas of his dream.

Y ddinas Seicloaidd llaith o garreg werdd llysnafeddog.

The damp Cyclopean city of slimy green stone.

Roedd y geometreg a ddywedodd yn rhyfedd, yn hollol anghywir.

The geometry he oddly said, was all wrong.

Ac fe siaradodd am yr hyn a glywodd gyda disgwyliad ofnus.

And he spoke of what he heard with frightened expectancy.

Y galwad ddi-baid, hanner-feddyliol o'r tanddaear:

The ceaseless, half-mental calling from underground:

"Cthulhu fhtagn... Cthulhu fhtagn"

"Cthulhu fhtagn... Cthulhu fhtagn"

Roedd y geiriau hyn wedi ffurfio rhan o'r ddefod ofnadwy honno.

These words had formed part of that dreaded ritual.

Y ddefod a adroddwyd am wylnos freuddwydiol Cthulhu marw.

The ritual the told of dead Cthulhu's dream-vigil.

Y ddefod a adroddodd am ei gladdfa garreg yn R'lyeh.

The ritual that told of his stone vault at R'lyeh.

Ac roeddwn i'n teimlo'n gyffwrdd yn ddwfn, er gwaethaf fy nghredoau rhesymegol.

And I felt deeply moved, despite my rational beliefs.
Roeddwn i'n siŵr bod Wilcox wedi clywed am y cwlt mewn rhyw ffordd achlysurol.
Wilcox, I was sure, had heard of the cult in some casual way.
Treuliodd ei amser mewn màs o lenyddiaeth yr un mor rhyfedd.
He spent his time in a mass of equally weird literature.
Rhaid ei fod wedi anghofio ffynhonnell ei wybodaeth.
He must have forgotten the source of his knowledge.
Yn ddiweddarach roedd y cwlt wedi dod o hyd i fynegiant isymwybodol yn ei freuddwydion.
Later the cult had found subconscious expression in his dreams.
Ond mae hyn yn naturiol pan fo straeon mor drawiadol.
But this is natural when stories are so impressive.
Yn olaf, amlygodd syniadau'r cwlt eu hunain yn y bas-relief.
Finally the cult's ideas manifested themselves in the bas-relief.
Ac yn awr daeth pwnc y cwlt i'r amlwg yn y cerflun ofnadwy.
And now the subject of the cult manifested itself in the terrible statue.
Roeddwn i'n argyhoeddedig bod ei dwyll ar fy ewythr wedi bod yn ddiniwed iawn.
I was convinced his imposture upon my uncle had been very innocent.
Roedd ychydig yn effeithiedig, ac ychydig yn anghwrtais.
He both slightly affected, and slightly ill-mannered.
Roedd ganddo duedd na allwn i byth ei hoffi.
He had a disposition which I could never like.
Ond roeddwn i'n ddigon parod nawr i gyfaddef ei athrylith.
But I was willing enough now to admit his genius.
Ac nid oes gennyf unrhyw ffordd o wadu ei onestrwydd chwaith.
And I have no way of denying his honesty either.
Er gwaethaf fy nheimladau cychwynnol, fe wnes i ffarwelio ag ef yn gyfeillgar.
Despite my initial feelings, I took leave of him amicably.

A dymunaf iddo bob llwyddiant y mae ei dalent yn ei addo.
And I wish him all the success his talent promises.

***

Parhaodd mater y cwlt i fy swyno.
The matter of the cult continued to fascinate me.
Ar adegau roedd gen i weledigaethau o'r enwogrwydd personol y gallwn i ei gyflawni.
At times I had visions of the personal fame I could attain.
Ymwelais â New Orleans a siaradais â Legrasse.
I visited New Orleans and talked with Legrasse.
Ac fe siaradais i â heddweision eraill am y cyrch cors hwnnw.
And I spoke with other policemen of that swamp raid.
Gwelais y ddelwedd ofnadwy â'm llygaid fy hun.
I saw the frightful image with my own eyes.
Ac fe wnes i hyd yn oed holi rhai o'r carcharorion cymysg a oedd wedi goroesi.
And I even questioned some of the surviving mongrel prisoners.
Yn anffodus, roedd yr hen Castro wedi bod yn farw ers rhai blynyddoedd.
Old Castro, unfortunately, had been dead for some years.
Fe wnaeth yr hyn a glywais yn awr mor graffigol o lygad y ffynnon fy nghyffroi o'r newydd.
What I now heard so graphically at first hand excited me afresh.
Er nad oedd mewn gwirionedd yn fwy na chadarnhad manwl.
Though it was really no more than a detailed confirmation.
Yr hyn a ddywedon nhw wrtha i roeddwn i eisoes wedi'i ddarllen yn nodiadau fy ewythr.
What they told me I had already read in my uncle's notes.
Roeddwn i'n siŵr fy mod i ar drywydd cyfrinach go iawn.
I felt sure that I was on the track of a very real secret.

Ac roeddwn i'n siŵr fy mod i'n mynd i ddarganfod crefydd hynafol iawn.

And I was sure I was going to discover a very ancient religion.

Byddai'r darganfyddiad yn fy ngwneud yn anthropolegwr o nodedig.

The discovery would make me an anthropologist of note.

Roedd fy agwedd yn dal i fod yn un o ddeunyddistiaeth resymol llwyr.

My attitude was still one of absolute rational materialism.

Ac hoffwn pe na bai fy agwedd at y pwnc wedi newid.

And I wish my attitude to the subject matter had not changed.

Diystyriais y cyd-ddigwyddiadau gyda gwyrdroad bron yn anesboniadwy.

I discounted with almost inexplicable perversity the coincidences.

Y nodiadau breuddwydiol a'r toriadau rhyfedd a gasglwyd gan yr Athro Angell.

The dream notes and odd cuttings collected by Professor Angell.

Un peth a ddechreuais amau oedd achos marwolaeth fy ewythr.

One thing I began to doubt was the cause of my uncle's death.

Dechreuais amau bod ei farwolaeth ymhell o fod yn naturiol.

I began to suspect his death was far from natural.

Ac rwy'n ofni nawr fy mod yn gwybod nad oedd marwolaeth fy ewythr yn naturiol.

And I now fear I know my uncle's death was not natural.

Ar stryd gul ar fryn y syrthiodd.

It was on a narrow hill street where he fell.

Mae'r stryd yn arwain i fyny o'r glannau hynafol.

The street lead up from the ancient waterfront.

Mae'r dref borthladd yn heidio â mhysgod tramor.

The port-town swarms with foreign mongrels.

Syrthiodd ar ôl gwthiad diofal gan morwr du.

He fell after a careless push from a negro sailor.

Doeddwn i ddim wedi anghofio gwaed cymysg aelodau'r cwlt yn Louisiana.
I had not forgotten the mixed blood of the cult-members in Louisiana.
Doeddwn i ddim wedi anghofio'r morwyr yn yr orgi voodoo.
I had not forgotten the sailors in the voodoo orgy.
Ac ni fyddai'n syndod o glywed bod ganddyn nhw wybodaeth arall hefyd.
And would not be surprised to learn that they had other knowledge too.
Dulliau cyfrinachol a elwid yn hynafol yn defodau cryptig.
Secret methods as anciently known as the cryptic rites.
Nodwyddau gwenwynig mor ddidrugaredd eu credoau demonaidd.
Poison needles as ruthless their demonic beliefs.
Mae'n wir bod Legrasse a'i ddynion wedi cael eu gadael ar eu pennau eu hunain.
Legrasse and his men, it is true, have been let alone.
Ond yn Norwy mae morwr penodol a welodd bethau wedi marw.
But in Norway a certain seaman who saw things is dead.
Onid oedd clustiau sinistr efallai wedi codi diddordeb fy ewythr yn y cerflunydd?
Might not sinister ears have picked up my uncle's interest in the sculptor?
Onid oedd ymholiadau dyfnach fy ewythr wedi denu sylw rhywun?
Might not the deeper inquiries of my uncle have drawn someone's attention?
Dw i'n meddwl bod yr Athro Angell wedi marw oherwydd ei fod yn gwybod gormod.
I think Professor Angell died because he knew too much.
Neu bu farw oherwydd ei fod yn debygol o ddysgu gormod.
Or he died because he was likely to learn too much.
Mae'n parhau i fod i'w weld a fydda i'n mynd allan fel y gwnaeth ef.
Whether I shall go out as he did remains to be seen.

Oherwydd rydw i hefyd wedi dysgu llawer am Cthulhu.
Because I too have learned much about Cthulhu.

Y Gwallgofrwydd o'r Môr
The Madness from the Sea

Mae un fendith fawr y gallai'r nefoedd ei rhoi i mi.
There is one great boon heaven could grant me.
Dileu llwyr canlyniadau siawns yn unig.
The total effacing of the results of a mere chance.
Byddai'n braf pe na bawn i erioed wedi gweld y darn papur crwydrol hwnnw.
I wish I had never seen that stray piece of paper.
Fel arfer, ni fyddai fy nhrefn ddyddiol wedi fy arwain yno.
My daily routine would normally not have taken me there.
Ar unrhyw ddiwrnod arall, fyddwn i ddim wedi sylwi ar ddim byd.
On any other day I would not have noticed anything.
Hen rifyn o gyfnodolyn Awstralia ydoedd.
It was an old number of an Australian journal.
Bwletin Sydney ar gyfer 18 Ebrill, 1925
The Sydney Bulletin for April 18, 1925
Roedd y papur hyd yn oed wedi llithro heibio i'r biwro torri.
The paper had even slipped past the cutting bureau.
Roeddwn i wedi rhoi fy ymholiadau i ffrind i raddau helaeth.
I had largely given over my inquiries to a friend.
Roedd wedi ymgymryd â gwaith y rhan fwyaf o'r ymchwil.
He had taken on the work of most of the research.
Roedd wedi dod i gyfeirio at y grŵp fel "Cwlt Cthulhu".
He had come to refer to the group as the "Cthulhu Cult".
Roeddwn i'n ymweld â'm ffrind dysgedig o Paterson, New Jersey.
I was visiting my learned friend of Paterson, New Jersey.

Curadur amgueddfa leol, a mwynolegydd o nodedig.
The curator of a local museum, and a mineralogist of note.
Tra roeddwn i yn ei amgueddfa cefais fynediad at y sbesimenau a gadwyd.
While at his museum I had access to the reserved specimens.
A dyma pryd y denodd llun rhyfedd fy sylw.
And this is when an odd picture caught my attention.
O dan un o'r cerrig roedd y Sydney Bulletin y soniais amdano.
Beneath one of the stones was the Sydney Bulletin I mentioned.
Mae gan fy ffrind gysylltiadau eang ym mhob gwlad dramor y gellir ei dychmygu.
My friend has wide affiliations in all conceivable foreign lands.
Toriad hanner tôn o ddelwedd garreg erchyll oedd y llun.
The picture was a half-tone cut of a hideous stone image.
Bron yn union yr un fath â'r garreg a ddaeth Legrasse o hyd iddi yn y gors.
Almost identical with the stone Legrasse had found in the swamp.
Darllenais yr erthygl yn eiddgar am ei chynnwys gwerthfawr.
Eagerly I read the article for its precious contents.
Ond cefais fy siomi o ddarganfod mai dim ond erthygl fer ydoedd.
But I was disappointed to find that it was just a short article.
Er ei fod yn fyr, roedd y wybodaeth o arwyddocâd aruthrol.
Although brief, the information was of portentous significance.

***

"ADDASGEILIANT DIRGEL WEDI'I GANFOD YN Y MÔR"
"MYSTERY DERELICT FOUND AT SEA"

Mae Vigilant yn Cyrraedd Gyda Chwch Hwylio Arfog Diymadferth o Seland Newydd yn ei Ddynnu.
Vigilant Arrives With Helpless Armed New Zealand Yacht in Tow.
Un Goroeswr ac un Dyn Marw a Ddarganfuwyd ar y Bwrdd.
One Survivor and one Dead Man Found Aboard.
Hanes Brwydr Anobeithiol a Marwolaethau ar y Môr.
Tale of Desperate Battle and Deaths at Sea.
Morwr a Achubwyd yn Gwrthod Manylion Profiad Rhyfedd.
Rescued Seaman Refuses Particulars of Strange Experience.
Delw Rhyfedd wedi'i Ddarganfod yn Ei Feddiant, Ymchwiliad i Ddilyn.
Odd Idol Found in His Possession, Inquiry to Follow.
Roedd y cwch hwylio Alert of Dunedin, NZ, wedi cael ei analluogi yn ystod brwydr.
The Alert of Dunedin yacht, N.Z., had been disabled in battle.
Yn flaenorol roedd y llong wedi gadael o Valparaiso ar Fawrth 25ain.
Previously the ship had left from Valparaiso on March 25th.
Ar 2il Ebrill gyrwyd y llong ymhell i'r de o'i chwrs.
On April 2nd the ship was driven considerably south of her course.
Roedd stormydd eithriadol o gryf wedi ailgyfeirio'r llong.
Exceptionally heavy storms had redirected the ship.
Gorfododd tonnau anferth y llong i gymryd llwybr gwahanol.
Monster waves forced the ship to take a different route.
Ar Ebrill 12fed gwelwyd y llong gan long arall.
On April 12th the ship was sighted by another ship.
Lledred 34° 21', Hydred 152° 17'
Latitude 34° 21', Longitude 152° 17'
I ddechrau roedden nhw'n meddwl bod y llong wedi'i gadael.
Initially they thought the ship had been deserted.
Ond roedd un dyn yn dal yn fyw wedi cael ei ddarganfod ar fwrdd y llong.

But one still living man had been found on board.

Roedd yr unig oroeswr hwn mewn cyflwr hanner-rhyfeddod.

This lone survivor was in a half-delirious condition.

Yr unig ddioddefwr arall a ddarganfuwyd oedd dyn a oedd eisoes wedi marw wythnos yn ôl.

The only other victim found was a man already dead a week.

Nawr roedd y cwch stêm â llawer o arfau yn cael ei dynnu.

Now the heavily armed steam yacht was being towed.

A'r bore yma roedd y llong yn dod i mewn i'w chei.

And this morning the ship was coming in to its wharf.

Roedd y dyn byw yn gafael mewn eilun carreg erchyll.

The living man was clutching a horrible stone idol.

Roedd yr eilun garreg tua troedfedd o uchder.

The stone idol was about a foot in height.

Ac roedd tarddiad y garreg yn gwbl anhysbys.

And the origins of the stone were completely unknown.

Roedd awdurdodau ym Mhrifysgol Sydney wedi'u drysu.

Authorities at Sydney university were baffled.

Ni allai'r Gymdeithas Frenhinol gynnig gwybodaeth am yr eilun.

The Royal Society couldn't offer information about the idol.

Ac nid oedd gan yr Amgueddfa yn Stryd y Coleg unrhyw fewnwelediadau chwaith.

And the Museum in College street had no insights either.

Dywed y goroeswr iddo ddod o hyd i'r garreg yng nghaban y cwch hwylio.

The survivor says he found the stone in the cabin of the yacht.

Honnir bod yr eilun mewn cysegr bach wedi'i gerfio.

Allegedly the idol was in a small carved shrine.

Ac roedd cerfiadau'r gysegr o batrwm cyffredin.

And the carvings of the shrine were of common pattern.

Daeth y dyn hwn yn ôl i'w synhwyrau yn y pen draw.

This man eventually recovered back to his senses.

Ac adroddodd stori hynod o ryfedd am fôr-ladrad a lladd.

And he told an exceedingly strange story of piracy and slaughter.

Gustaf Johansen ydy o, Norwyad o rywfaint o
ddeallusrwydd.

He is Gustaf Johansen, a Norwegian of some intelligence.

Ac roedd wedi bod yn ail fêt ar y sgwner dau fast Emma o
Auckland.

And he had been second mate of the two-masted schooner
Emma of Auckland.

Hwyliodd y llong am Callao ar Chwefror 20fed, gydag un ar
ddeg o forwyr arni.

The ship sailed for Callao February 20th, manned by eleven
sailors.

Dywedodd fod y llong wedi cael ei hoedi a'i thaflu'n bell i'r
de o'i chwrs.

The ship, he says, was delayed and thrown widely south of
her course.

Bu storm fawr ar Fawrth 1af, ac ar Fawrth 22ain.

There was a great storm on March 1st, and on March 22nd.

Ar eu taith fe wnaethon nhw ddod ar draws llong arall.

On their journey they encountered another ship.

Roedd hyn yn Lledred D 49° 51′, Hydred Gorllewin 128° 34′

This was in S. Latitude 49° 51′, W. Longitude 128° 34′

Roedd criw rhyfedd a drwg ei olwg ar y llong hon.

This ship was manned by a queer and evil-looking crew.

Roedd yr holl ddynion o Kanakas ac o hanner cast.

All the men were of Kanakas and half-castes.

Wedi cael gorchymyn pendant i droi'n ôl, gwrthododd
Capten Collins.

Being ordered peremptorily to turn back, Capt. Collins
refused.

Heb rybudd dechreuodd y criw rhyfedd saethu'n greulon ar
y sgwner.

Without warning the strange crew began to shoot savagely
upon the schooner.

Fe wnaethon nhw saethu batri o ganon pres yn rhyfedd o
drwm.

They shot a peculiarly heavy battery of brass cannon.

Dangosodd y dynion o'i long ysbryd ymladd, meddai'r goroeswr.

The men from his ship showed fighting spirit, says the survivor.

Dechreuodd y sgwner suddo o ergydion o dan y llinell ddŵr.

The schooner began to sink from shots beneath the waterline.

Ond fe lwyddon nhw i hwlio ochr yn ochr â chwch eu gelyn, a mynd ar ei bwrdd.

But they managed to heave alongside their enemy boat, and board her.

Fe wnaethon nhw ymgodymu â'r criw gwyllt ar dec y cwch hwylio.

They grappled with the savage crew on the yacht's deck.

Roedd eu dull o ymladd yn ymddangos yn rhyfedd o drwsgl.

Their mode of fighting seemed to be strangely clumsy.

Ond nid oedd trechu yn ymddangos yn opsiwn i'r dynion gwyllt hyn.

But defeat did not seem to be an option for these savage men.

Roedd ganddyn nhw ffordd arbennig o ffiaidd ac anobeithiol o ymladd.

They had a particularly abhorrent and desperate way of fighting.

Felly nid oedd ganddyn nhw ddewis ond lladd holl ddynion llong y gelyn.

So they had no choice but to kill all men of the enemy ship.

Lladdwyd tri o'u dynion yn y frwydr hefyd.

Three of their men were also killed in the fight.

Roedd y Capten Collins a'r Is-gapten Green ymhlith y meirw.

Capt. Collins and First Mate Green were among the dead.

Cymerodd yr Ail Mat Johansen yr awenau gan y Cyntaf Mat Green.

Second Mate Johansen took over control from First Mate Green.

Ac aeth yr wyth dyn sy'n weddill ymlaen i lywio'r cwch hwylio a gipiwyd.

And the remaining eight men proceeded to navigate the captured yacht.

Aethant ymlaen i barhau yn y cyfeiriad gwreiddiol yr oeddent yn mynd.

They proceeded to continue in the original direction they were going.

I weld a oedd unrhyw reswm wedi bod iddyn nhw gael gorchymyn i droi o gwmpas.

To see if there had been any reason they were ordered to turn around.

***

Y diwrnod canlynol, mae'n ymddangos, fe wnaethon nhw lanio ar ynys fach.

The next day, it appears, they landed on a small island.

Er nad oes unrhyw ynys yn hysbys yn bodoli yn y rhan honno o'r cefnfor.

Although no island is known to exist in that part of the ocean.

Rhywsut bu farw chwech o'r dynion ar y lan tra roeddent ar yr ynys.

Six of the men somehow died ashore while on the island.

Er bod Johansen yn rhyfedd o dawel ynglŷn â'r rhan hon o'i stori.

Though Johansen is queerly reticent about this part of his story.

Ac mae'n sôn am eu cwymp i agendor craig yn unig.

And he speaks only of their falling into a rock chasm.

Yn ddiweddarach, mae'n ymddangos, iddo ef ac un cydymaith fynd ar fwrdd y cwch hwylio.

Later, it seems, he and one companion boarded the yacht.

Gyda'i gilydd fe geision nhw hwylio'r llong, heb lawer o staff.

Together they tried to sail the ship, undermanned.

Ond cawsant eu curo o gwmpas gan storm Ebrill 2il.

But they were beaten about by the storm of April 2nd.

O'r adeg honno hyd at ei achub ar y 12fed, ychydig iawn y mae'r dyn yn ei gofio.

From that time till his rescue on the 12th, the man remembers little.

Ac nid yw hyd yn oed yn cofio pryd y bu farw William Briden, ei gydymaith.

And he does not even recall when William Briden, his companion, died.

Ni allai awtopsi ddatgelu unrhyw achos amlwg i farwolaeth Briden.

Autopsy could reveal no obvious cause to Briden's death.

Yr achos mwyaf tebygol o farwolaeth yw dod i gysylltiad â'r elfennau.

The most likely cause of death is exposure to the elements.

Adroddodd y Dunedin fod eu cwch, yr Alert, yn adnabyddus.

The Dunedin reported that their boat, the Alert, was well known.

Roedd gan fasnachwyr yr ynys enw drwg ar hyd y glannau.

The island traders bore an evil reputation along the waterfront.

Roedd y llong yn eiddo i grŵp chwilfrydig o hanner cast.

The ship was owned by a curious group of half-castes.

Denodd cyfarfodydd mynych a theithiau nos i'r coed chwilfrydedd.

Frequent meetings and night trips to the woods attracted curiosity.

Roedd y llong wedi hwylio ar frys mawr ar Fawrth 1af.

The ship had set sail in great haste on March 1st.

Ychydig ar ôl y storm, a'r cryndod daear y noson honno.

Just after the storm, and the earth tremors that night.

Mae ein gohebydd o Auckland yn rhoi enw da rhagorol i'r Emma.

Our Auckland correspondent gives the Emma excellent reputation.

Roedd criw'r Emma yn cael eu parchu'n fawr.

The Crew from the Emma were held very in high regard.

Ac mae Johansen yn cael ei ddisgrifio fel dyn sobr a theilwng.

And Johansen is described as a sober and worthy man.

Bydd y morlys yn cychwyn ymchwiliad i'r mater cyfan.

The admiralty will institute an inquiry on the whole matter.

Gan ddechrau yfory byddant yn casglu'r holl wybodaeth berthnasol.

Starting tomorrow they will collect all relevant information.

Gwneir pob ymdrech i berswadio Johansen i siarad.

Every effort will be made to induce Johansen to speak.

Hyn a'r ddelwedd uffernol oedd yr holl wybodaeth oedd gen i i fynd ymlaen.

This and the hellish image were all the information I had to go on.

Ond am drên o syniadau a gychwynnodd yr ychydig wybodaeth honno yn fy meddwl!

But what a train of ideas that little information started in my mind!

Dyma drysorfeydd newydd o ddata ar Gwlt Cthulhu.

Here were new treasuries of data on the Cthulhu Cult.

Nid oedd gan y cwlt fuddiannau ar dir yn unig.

The cult not only had interests on land.

Nawr roedd tystiolaeth bod ganddyn nhw gysylltiadau â'r môr hefyd.

Now there was evidence they also had connections to the sea.

Pa gymhelliad a barodd i'r criw hybrid archebu'r Emma yn ôl?

What motive prompted the hybrid crew to order back the Emma?

Pam y gwnaethon nhw hwylio o gwmpas gyda'u heilun erchyll?

Why did they sail about with their hideous idol?

Beth oedd yr ynys anhysbys lle bu farw chwech o griw'r Emma?

What was the unknown island on which six of the Emma's crew had died?

A pham roedd Johansen mor gyfrinachol am eu marwolaeth?
And why was Johansen so secretive about their death?
Beth oedd ymchwiliad yr is-lyngesydd wedi'i ddangos?
What had the vice-admiralty's investigation brought out?
A beth oedd yn hysbys am y cwlt niweidiol yn Dunedin?
And what was known of the noxious cult in Dunedin?
Ni allai neb ond rhyfeddu at amseriad y digwyddiadau chwaith.
Nor could one help but marvel at the timing of the events.
Roedd cysylltiad dwfn a mwy na naturiol rhwng y dyddiadau.
There was a deep and more than natural linkage between the dates.
Arwyddocâd maleisus a diamheuol bellach i wahanol droeon y digwyddiadau.
A malign and now undeniable significance to the various turns of events.

***

Roedd fy ewythr wedi nodi'r digwyddiadau cysylltiedig yn ofalus iawn.
My uncle had noted with great care the connecting events.
Ar Fawrth 1af roedd y daeargryn a'r storm wedi dod.
On March 1st the earthquake and storm had come.
Chwefror 28ain, yn ôl y Llinell Dyddiad Ryngwladol.
February 28th, according to the International Date Line.
O Dunedin rhuthrodd criw swnllyd yr Alert allan yn eiddgar.
From Dunedin the noisome crew of the Alert darted eagerly forth.
Symudasant fel pe baent wedi cael eu galw'n awdurdodol.
They moved as if they had been imperiously summoned.
Ar ochr arall y ddaear, datblygodd y digwyddiadau eraill.
On the other side of the earth the other events unfolded.
Roedd beirdd ac artistiaid wedi dechrau cael eu breuddwydion rhyfedd.

Poets and artists had begun to have their strange dreams.

Breuddwydion am ddinas Seicloaidd llaith o amseroedd a fu.

Dreams of a dank Cyclopean city from times long gone.

Perswadiwyd cerflunydd ifanc gan y breuddwydion hyn hefyd.

A young sculptor was persuaded by these dreams too.

Yn ei gwsg fe fowldiodd ffurf y Cthulhu ofnadwy.

In his sleep he molded the form of the dreaded Cthulhu.

Ar Fawrth 23ain glaniodd criw'r Emma ar ynys anhysbys.

On March 23rd the crew of the Emma landed on an unknown island.

Yno ar yr ynys honno fe adawon nhw chwech o ddynion yn farw.

There on that island they left six men dead.

Ar y dyddiad hwnnw cymerodd breuddwydion dynion sensitif fywiogrwydd cynyddol.

On that date the dreams of sensitive men assumed a heightened vividness.

Tywyllodd eu breuddwydion gan ofn rhag ymlid maleisus anghenfil anferth.

Their dreams darkened with dread of a giant monster's malign pursuit.

Aeth un pensaer yn wallgof o'i freuddwydion y noson honno.

One architect went mad from his dreams that night.

Ac roedd cerflunydd wedi syrthio i deliriwm yn sydyn!

And a sculptor had lapsed suddenly into delirium!

Ac yna bu storm Ebrill 2il.

And then there was the storm of April 2nd.

Y dyddiad y daeth pob breuddwyd am y ddinas llaith i ben.

The date on which all dreams of the dank city ceased.

Daeth Wilcox allan yn ddianaf o gaethiwed twymyn rhyfedd.

Wilcox emerged unharmed from the bondage of strange fever.

Ac roedd popeth yn ymddangos yn normal eto.

And everything appeared to be normal again.

Ond beth am yr awgrymiadau a awgrymodd yr hen Castro?
But what about the hints old Castro had suggested?
Beth am yr hen rai suddedig, wedi'u geni mewn sêr?
What about the sunken, star-born old ones?
Beth am eu dychweliad addawedig a'u teyrnasiad sydd i ddod?
What about their promised return and coming reign?
Beth am eu cwlt ffyddlon a'u meistrolaeth ar freuddwydion?
What about their faithful cult and their mastery of dreams?
Oeddwn i'n siglo ar fin erchyllterau cosmig?
Was I tottering on the brink of cosmic horrors?
Erchyllterau cosmig ymhell y tu hwnt i allu dyn i'w dwyn?
Cosmic horrors far beyond man's power to bear?
Os felly, rhaid eu bod yn arswydau'r meddwl yn unig.
If so, they must be horrors of the mind alone.
Ar yr ail o Ebrill bu tawelwch cydlynol sydyn.
On the second of April there was sudden coordinated calm.
Roedd y bygythiad erchyll a oedd yn gwarchae ar enaid dynolryw wedi diflannu.
The monstrous menace that sieged mankind's soul had vanished.
Y noson honno gwneuthum yr holl drefniadau angenrheidiol ar gyfer teithio ymlaen.
That evening I made all necessary arrangements for onwards travel.
Ffarweliais â'm gwesteiwr a chymerais trên i San Francisco.
I bade my host adieu and took a train for San Francisco.

***

Mewn llai na mis roeddwn i ym mhorthladd Dunedin.
In less than a month I was at the port of Dunedin.
Yma, fodd bynnag, baglodd fy ymchwiliad ychydig.
Here, however, my investigation stumbled slightly.
Holiais yn yr hen dafarndai môr ble roedd y dynion wedi oedi.
I inquired in the old sea taverns where the men had lingered.

Ond ychydig oedd yn hysbys am aelodau rhyfedd y cwlt.

But little was known of the strange cult members.

Roedd sbwriel ar y glannau yn llawer rhy gyffredin i gael ei grybwyll yn arbennig.

Waterfront scum was far too common for special mention.

Ond roedd sôn amwys am un daith i mewn i'r tir yr oedd y cymysgyddion hyn wedi'i gwneud.

But there was vague talk about one inland trip these mongrels had made.

Sylwyd ar drymio gwan a fflamau coch ar y bryniau pell.

Faint drumming and red flames were noted on the distant hills.

Yn Auckland dim ond ychydig mwy a ddysgais am Johansen.

In Auckland I learned only a little more of Johansen.

Roedd wedi cael ei gludo i Sydney ar gyfer yr ymchwiliad.

He had been taken to Sydney for the investigation.

Trodd cwestiynu di-hid ac amhendant ei wallt yn wyn.

A perfunctory and inconclusive questioning turned his hair white.

Wedi hynny gwerthodd ei fwthyn yn Stryd y Gorllewin.

Thereafter he sold his cottage in West Street.

Ac fe hwyliodd gyda'i wraig i'w hen gartref yn Oslo.

And he sailed with his wife to his old home in Oslo.

Roedd ei brofiad yn amlwg wedi ei gyffroi'n ddwfn.

His experience had clearly stirred him deeply.

Ond ni ddywedodd wrth ei ffrindiau fwy nag yr oedd wedi dweud wrth swyddogion y morlys.

But he told his friends no more than he had told the admiralty officials.

A'r cyfan y gallen nhw ei wneud oedd rhoi ei gyfeiriad Oslo i mi.

And all they could do was to give me his Oslo address.

Ar ôl hynny es i Sydney a siarad yn ddi-fudd gyda morwyr.

After that I went to Sydney and talked profitlessly with seamen.

Ni allai aelodau llys yr is-lyngesydd fy ngolewi chwaith.

Members of the vice-admiralty court could not enlighten me either.

Fe wnes i olrhain y Rhybudd i lawr i Circular Quay yn Sydney Cove.

I tracked the Alert down to Circular Quay in Sydney Cove.

Roedd y llong wedi cael ei gwerthu ac roedd mewn defnydd masnachol eto.

The ship had been sold and was again in commercial use.

Ond allwn i ddim cael unrhyw gliwiau pellach o gargo'r llong.

But I could gain no further clues from the ship's cargo.

Cadwyd y ddelwedd yn yr Amgueddfa yn Hyde Park.

The image was preserved in the Museum at Hyde Park.

Pen y môr-gyllell, corff y ddraig, ac adenydd cennog.

The cuttlefish head, dragon body, and scaly wings.

Yr anghenfil yn cwrcwd ar ben y pedestal hieroglyffig.

The monster crouching atop the hieroglyphed pedestal.

Astudiais bob manylyn o'r eilun yn hir ac yn dda.

I studied every detail of the idol long and well.

Roedd y creiriau yn beth o grefftwaith coeth ffiaidd.

The relic was a thing of balefully exquisite workmanship.

Allwn i ddim ond sylwi ar y tebygrwydd i sbesimen llai Legrasse.

I couldn't help but notice the similarity to Legrasse's smaller specimen.

Roedd gan y ddau eilun yr un dirgelwch llwyr a hynafiaeth ofnadwy.

Both idols had the same utter mystery and terrible antiquity.

Ac roedd gan y ddau eilun yr un rhyfeddod annaearol o ddeunydd.

And both idols had the same unearthly strangeness of material.

Dywedodd y curadur wrthyf fod daearegwyr wedi ei chael yn bos anferth.

Geologists, the curator told me, had found it a monstrous puzzle.

Mynnasant nad oedd y byd yn dal craig fel hon.

They insisted that the world held no rock like this one.
Yna meddyliais gyda chryndod am yr hyn a ddywedodd yr hen Castro wrth Legrasse.
Then I thought with a shudder of what old Castro had told Legrasse.
Stori'r rhai mawrion cyntefig, wedi suddo o dan y môr.
The tale of the primal great ones, sunken under the sea.
"Roedden nhw wedi dod o'r sêr."
"They had come from the stars."
"Roedden nhw wedi dod â'u delweddau gyda nhw."
"They had brought their images with them."
Cefais fy ysgwyd gan chwyldro meddyliol fel na welais erioed o'r blaen.
I was shaken with a mental revolution as I had never before known.
Roeddwn i nawr wedi penderfynu'n llwyr ymweld â Mate Johansen yn Oslo.
I was now completely resolved to visit Mate Johansen in Oslo.
Gan hwylio am Lundain, ail-ymlaenais ar unwaith am brifddinas Norwy.
Sailing for London, I re-embarked at once for the Norwegian capital.
Ac un diwrnod yn yr hydref glaniais wrth y cei.
And one autumn day I landed at the wharves.

***

Roedd tref enedigol Johansen yng nghysgod yr Egeberg.
Johansen's hometown was in the shadow of the Egeberg.
Des i o hyd ei fod yn byw yn Hen Dref y Brenin Harold Haardrada.
I discovered he lived in the Old Town of King Harold Haardrada.
Am ganrifoedd roedd y ddinas fwy wedi esgus bod yn "Christiania".
For centuries the greater city had masqueraded as "Christiania".

Cadwodd y Brenin Harald Hardrada enw Oslo yn fyw.
King Harald Hardrada kept alive the name of Oslo.
Gwneuthum y daith fer i'w gartrefi mewn tacsi.
I made the brief trip to his residences by taxicab.
Adeilad taclus a hynafol gyda blaen plastrog.
A neat and ancient building with plastered front.
A churais ar y drws â churiad calon uchel.
And I knocked with palpitant heart at the door.
Atebodd menyw drist mewn du fy ngalw.
A sad-faced woman in black answered my summons.
Cefais fy syfrdanu gan siom wrth weld y golwg.
I was stung with disappointment at the sight.
Dywedodd wrthyf mewn Saesneg paciog nad oedd Gustaf Johansen mwyach.
She told me in halting English that Gustaf Johansen was no more.
Nid oedd wedi goroesi ei ddychweliad yn hir, meddai ei wraig.
He had not long survived his return, said his wife.
Roedd y gweithredoedd ar y môr yn 1925 wedi ei dorri.
The doings at sea in 1925 had broken him.
Nid oedd wedi dweud dim mwy wrthi nag yr oedd wedi dweud wrth y cyhoedd.
He had told her no more than he had told the public.
Ond roedd wedi gadael llawysgrif hir o "faterion technegol".
But he had left a long manuscript of "technical matters".
Roedd y nodiadau hyn o'r fordaith wedi'u hysgrifennu yn Saesneg.
These notes of the voyage had been written in English.
Yn amlwg er mwyn ei diogelu rhag perygl archwiliad achlysurol.
Evidently in order to safeguard her from the peril of casual perusal.
Roedd wedi mynd am dro drwy lôn gul ger doc Gothenburg.
He had gone for a walk through a narrow lane near the Gothenburg dock.

Roedd bwndel o bapurau wedi syrthio o ffenestr atig wedi ei daro i lawr.

A bundle of papers falling from an attic window had knocked him down.

Helpodd dau forwr o Lascar ef i sefyll ar ei draed ar unwaith.

Two Lascar sailors at once helped him to his feet.

Ond cyn i'r ambiwlans allu ei gyrraedd roedd wedi marw.

But before the ambulance could reach him he was dead.

Ni chanfu'r meddygon unrhyw achos digonol dros ei farwolaeth.

The physicians found no adequate cause for his death.

Roedden nhw'n priodoli ei farwolaeth i drafferth gyda'r galon yn bennaf.

They mostly attributed his death to heart trouble.

Ond ychwanegon nhw fod ei gyfansoddiad gwannach yn fwyaf tebygol o gyfrannu.

But they added his weakened constitution most likely contributed.

Nawr roeddwn i'n teimlo cnoi dwfn ar fy nghyhyrau hanfodol.

I now felt a deep gnawing at my vitals.

Braw tywyll na fydd byth yn fy ngadael nes i mi hefyd orffwys.

A dark terror which will never leave me till I, too, am at rest.

P'un a fydd fy marwolaeth yn dod "ar ddamwain" ai peidio, ni allaf ddweud.

Whether my death will come "accidentally" or not I can't tell.

Siaradais â'r weddw am waith ei gŵr.

I spoke to the widow about her husband's work.

Ac fe wnes i ei pherswadio bod gen i gysylltiad "technegol" ag e.

And I persuaded her I had a "technical" connection to him.

Felly roedd hi'n teimlo bod gen i hawl ddigonol i'r llawysgrif.

So she felt I was sufficiently entitled to the manuscript.

Ac felly y llwyddais i gyrraedd ysgrifen y dyn marw.

And so I attained the dead man's writing.

Dechreuais ddarllen y dogfennau ar y cwch i Lundain.

I began to read the documents on the boat to London.

Ychydig mwy na nodiadau syml, crwydrol oeddent.

They were little more than simple, rambling notes.

Ymdrech morwr naïf at ddyddiadur ôl-facto.

A naive sailor's effort at a post-facto diary.

Ymdrechodd i gofio'r fordaith ofnadwy olaf honno ddydd ar ôl dydd.

He strove to recall that last awful voyage day by day.

Ni allaf geisio trawsgrifio ei nodiadau air am air.

I cannot attempt to transcribe his notes verbatim.

Mae'r llawysgrif wedi'i chymylog gan amwysedd a gormodedd.

The manuscript is clouded with vagueness and redundance.

Ond byddaf yn adrodd hanfod yr hyn a ysgrifennodd.

But I will tell the gist of what he wrote.

Efallai wedyn y byddwch chi'n deall pam wnes i stwffio fy nghlustiau â chotwm.

Perhaps then you will understand why I stuffed my ears with cotton.

Daeth sŵn y dŵr yn erbyn ochrau'r llong yn annioddefol.

The sound of the water against the vessel's sides became unendurable.

***

Diolch i Dduw, nid oedd Johansen yn gwybod yn iawn beth oedd wedi'i weld.

Johansen, thank God, did not quite know what he had seen.

Ond mae'n amlwg ei fod wedi gweld y ddinas a'r Peth.

But it is evident he had seen the city and the Thing.

Ni fyddaf byth yn cysgu'n dawel eto pan fyddaf yn meddwl am yr erchyllterau.

I shall never sleep calmly again when I think of the horrors.

Yr erchyllterau sy'n llechu'n ddi-baid y tu ôl i fywyd mewn amser a gofod.

The horrors that lurk ceaselessly behind life in time and space.
Y cableddau ansocretaidd hynny sy'n dod gan sêr hŷn.
Those unhallowed blasphemies that come from elder stars.
Breuddwydwyr o dan y môr sy'n adnabyddus i gwlt hunllef yn unig.
Dreamers beneath the sea known only by a nightmare cult.
Cwlt sy'n barod ac yn awyddus i ryddhau'r anghenfilod hyn i'r byd.
A cult ready and eager to release these monsters into the world.
Pryd bynnag y bydd daeargryn arall yn codi eu dinas garreg anferthol eto.
Whenever another earthquake raises their monstrous stone city again.
Pan fydd Cthulhu dan olau'r haul unwaith eto.
When Cthulhu is under the light of the sun once more.
Roedd taith Johansen wedi dechrau yn union fel y dywedodd wrth yr is-lyngesydd.
Johansen's voyage had begun just as he told it to the vice-admiralty.
Roedd yr Emma, mewn balast, wedi clirio Auckland ar Chwefror 20fed.
The Emma, in ballast, had cleared Auckland on February 20th.
Roedd y llong wedi teimlo grym llawn y storm honno a aned gan y daeargryn.
The ship had felt the full force of that earthquake-born tempest.
Yr erchyllterau o waelod y môr a lenwodd freuddwydion dynion.
The horrors from the sea-bottom that filled men's dreams.
Unwaith o dan reolaeth eto roedd y llong yn gwneud cynnydd da.
Once under control again the ship was making good progress.
Ond yna cafodd y llong ei hatal gan y Alert ar Fawrth 22ain.
But then the ship was held up by the Alert on March 22nd.
Roeddwn i'n gallu teimlo gofid y cymar wrth iddo ysgrifennu am ei bomio a'i suddo.

I could feel the mate's regret as he wrote of her bombardment and sinking.

Am y cythreuliaid cwlt tywyll ar y cwch arall mae'n siarad gydag arswyd.

Of the swarthy cult-fiends on the other boat he speaks with horror.

Roedd rhyw ansawdd ffiaidd rhyfedd amdanynt.

There was some peculiarly abominable quality about them.

Roedd rhywbeth yn gwneud i'w dinistrio ymddangos bron yn ddyletswydd.

Something made their destruction seem almost a duty.

Codwyd y pwynt hwn yn ystod achos y llys ymchwilio.

This point was brought up during the proceedings of the court of inquiry.

Mae Johansen yn dangos rhyfeddod diniwed at y cyhuddiad o ddidrugaredd.

Johansen shows ingenuous wonder at the accusation of ruthlessness.

Chwilfrydedd oedd yr hyn a yrrodd y dynion ymlaen yn eu cwch hwylio a gipiwyd.

Curiosity is what drove the men on in their captured yacht.

Gan sticio allan o'r môr gwelodd y dynion golofn garreg fawr.

Sticking out of the sea the men sighted a great stone pillar.

Yn Lledred De 47° 9', Hydred Gorllewin 126° 43' maen nhw'n dod ar arfordir.

In South Latitude 47° 9', West Longitude 126° 43' they come upon a coastline.

Roedd yr arfordir yn gymysgedd o fwd, sbwriel, a gwaith maen Seicloaidd chwynnog.

The coastline was of mingled mud, ooze, and weedy Cyclopean masonry.

Dim llai na sylwedd diriaethol braw goruchaf y ddaear.

Nothing less than the tangible substance of earth's supreme terror.

Roedden nhw wedi dod ar draws dinas cyrff hunllefus R'lyeh.

They had come across the nightmare corpse-city of R'lyeh.

Dinas a adeiladwyd mewn oesau anfesuradwy y tu ôl i hanes.

A city built in measureless eons behind history.

Henebion i siapiau ffiaidd enfawr a lifodd i lawr o'r sêr tywyll.

Monuments to vast loathsome shapes that seeped down from the dark stars.

Yno y gorweddai Cthulhu mawr a'i luoedd am gylchoedd anfesuradwy.

There lay great Cthulhu and his hordes for incalculable cycles.

Wedi'u cuddio mewn cromenni gwyrdd, llysnafeddog, anfonasant eu meddyliau allan.

Hidden in green slimy vaults, they sent out their thoughts.

Y meddyliau sy'n lledaenu ofn i freuddwydion y rhai sensitif.

The thoughts that spread fear to the dreams of the sensitive.

Y meddyliau a alwodd yn awdurdodol at y ffyddloniaid.

The thoughts that called imperiously to the faithful.

"Dewch ar bererindod rhyddhad ac adferiad."

"Come on a pilgrimage of liberation and restoration."

Yr holl arswyd hwn nid oedd gan Johansen unrhyw ffordd o amau.

All this horror Johansen had no way of suspecting.

Ond Duw a ŵyr ei fod wedi gweld digon yn fuan!

But God knows he had soon seen enough!

Mae'n debyg mai dim ond un copa mynydd oedd yr hyn a welson nhw.

I suppose what they saw was only a single mountain-top.

Yn fuan daeth gweddill y ddinas i'r amlwg o'r dyfroedd.

Soon the rest of the city emerged from the waters.

Y gaer erchyll wedi'i choroni â monolith lle claddwyd y Cthulhu mawr.

The hideous monolith-crowned citadel where great Cthulhu was buried.

Rwy'n crynu wrth feddwl am bopeth a allai fod yn bridio i lawr yno.

I shudder to think of all that may be brooding down there.
Ac rwy bron â dymuno lladd fy hun i atal y meddyliau hyn.
And I almost wish to kill myself to stop these thoughts.

***

Roedd Johansen a'i ddynion wedi'u syfrdanu gan fawredd y cosmig.
Johansen and his men were awed by the cosmic majesty.
Gwelsant olygfa'r Babilon diferol hon o gythreuliaid hynafol.
They beheld the sight of this dripping Babylon of elder demons.
Rhaid eu bod wedi dyfalu heb arweiniad beth oeddent yn ei weld.
They must have guessed without guidance what it was they saw.
Nid oedd yr hyn a welsant ddim o hyn nac o unrhyw blaned synhwyrol.
What they saw was nothing of this or of any sane planet.
Maint anhygoel y blociau cerrig gwyrddlas.
The unbelievable size of the greenish stone blocks.
Uchder penysgafn y monolith cerfiedig mawr.
The dizzying height of the great carven monolith.
Ac yna roedd y bas-reliefs a ddarganfuwyd ar y llong a gipiwyd.
And then there was the bas-reliefs found on the captured ship.
Roedd y cerfluniau enfawr yn adlewyrchu'r olygfa ar y cerfiadau.
The colossal statues mirrored the scene on the carvings.
Cyflawnodd Johansen rywbeth tebyg iawn i ffwturiaeth.
Johansen achieved something very close to futurism.
Oherwydd nad oedd yn disgrifio unrhyw strwythur nac adeilad pendant.
Because he did not describe any definite structure or building.
Roedd yn canolbwyntio ar argraffiadau eang onglau helaeth ac arwynebau cerrig.

He dwelled on the broad impressions of vast angles and stone surfaces.

Arwynebau rhy fawr i berthyn i unrhyw beth iawn neu briodol ar gyfer y ddaear hon.

Surfaces too great to belong to anything right or proper for this earth.

Yn arwynebu'n annuwiol gyda delweddau a hieroglyffau erchyll.

Surfaces impious with horrible images and hieroglyphs.

Mae yna reswm pam rwy'n sôn am ei sgwrs am onglau.

There is a reason I mention his talk about angles.

Mae'n fy atgoffa o rywbeth roedd Wilcox wedi'i ddweud wrtha i am ei freuddwydion ofnadwy.

It reminds me of something Wilcox had told me of his awful dreams.

Roedd wedi dweud bod geometreg y lle breuddwydiol a welodd yn annormal.

He had said that the geometry of the dream-place he saw was abnormal.

Sfferau an-Ewclidaidd yn wahanol i unrhyw beth yma ar y ddaear.

Non-Euclidean spheres unlike anything here on earth.

Dimensiynau ffiaidd o arogleuon cwbl wahanol i'n rhai ni.

Loathsomely redolent dimensions completely unlike ours.

Nawr roedd morwr yn disgrifio'r un peth yn union.

Now a seaman was describing the exact same thing.

Cafodd y ddau yr un cipolwg ofnadwy o'r realiti hwn.

They bad both had the same terrible glimpse of this reality.

Glaniodd Johansen a'i ddynion ar lan mwd ar oleddf.

Johansen and his men landed at a sloping mud-bank.

Ac fe edrychon nhw i fyny at yr Acropolis anferth hwn.

And they looked up at this monstrous Acropolis.

Dringon nhw'n llithrig i fyny dros flociau titan diferol.

They clambered slippery up over titan oozy blocks.

Blociau na allent fod wedi bod yn risiau marwol.

Blocks which could have been no mortal staircase.

Roedd haul y nefoedd ei hun yn ymddangos yn ystumiedig yn y niwl hwn.

The very sun of heaven seemed distorted in this mist.

Miasma polareiddiol yn ffynnu allan o'r gwyrdroad wedi'i socian gan y môr hwn.

A polarizing miasma welling out from this sea-soaked perversion.

Roedd bygythiad a chyffro troellog yn llechu yn y creigiau anodd eu canfod hynny.

Twisted menace and suspense lurked in those elusive rocks.

Dangosodd ail olwg geugredd lle dangosodd y cyntaf amgrwmedd.

A second glance showed concavity where the first showed convexity.

Roedd rhywbeth tebyg iawn i ofn wedi dod dros yr holl archwilwyr.

Something very like fright had come over all the explorers.

Byddai pob dyn wedi ffoi oni bai am ofn gwatwar y lleill.

Each man would have fled had he not feared the scorn of the others.

A dim ond yn hanner calon y chwilion nhw'n ofer.

And it was only half-heartedly that they vainly searched.

Roedden nhw'n chwilio am ryw gofrodd cludadwy i'w gario i ffwrdd.

They were looking for some portable souvenir to bear away.

Rodriguez, y Portiwgal, a ddringodd i fyny droed y monolith.

It was Rodriguez, the Portuguese, who climbed up the foot of the monolith.

O'r fan honno gwaeddodd am yr hyn a ddaeth o hyd iddo.

From there he shouted of what he had found.

Dilynodd y gweddill ef at droed y monolith.

The rest followed him to the foot of the monolith.

Edrychasant yn chwilfrydig ar y drws enfawr o'u blaenau.

They looked curiously at the immense door in front of them.

Roedd y ddraig-sgwid, sydd bellach yn gyfarwydd, wedi'i gerfio ar y drws.

The now familiar squid-dragon was carved on the door.

Roedd, meddai Johansen, fel drws ysgubor mawr.

It was, Johansen said, like a great barn-door.

Er eu bod nhw'n dweud mai dim ond yr argraff o ddrws oedd o.

Although they said it only gave the impression of a door.

Ni allent benderfynu a oedd y drws yn gorwedd yn wastad fel drws trap.

They could not decide if the door lay flat like a trap-door.

Neu efallai bod yr agoriad ar oleddf fel drws seler allanol.

Or maybe the opening was slanted like an outside cellar-door.

Fel y byddai Wilcox wedi dweud, roedd geometreg y lle yn gwbl anghywir.

As Wilcox would have said, the geometry of the place was all wrong.

Ni allai rhywun fod yn siŵr bod y môr a'r ddaear yn llorweddol.

One could not be sure that the sea and the ground were horizontal.

Felly roedd safle cymharol popeth arall yn ymddangos yn amrywiol iawn.

Hence the relative position of everything else seemed phantasmally variable.

Gwthiodd Briden y garreg mewn sawl man, heb ganlyniad.

Briden pushed at the stone in several places, without result.

Yna teimlodd Donovan yn ysgafn o amgylch ymyl y drws.

Then Donovan felt delicately over around the edge of the door.

Dringodd yn ddiddiwedd ar hyd y mowldin carreg grotesg.

He climbed interminably along the grotesque stone molding.

Er, os gallech chi wir ei alw'n ddringo mae'n ddadleuol.

Although, if you could really call it climbing is debatable.

Efallai bod y drws yn fwy llorweddol nag yn fertigol.

Perhaps the door was more horizontal than vertical.

Ac roedd y dynion yn meddwl tybed sut y gallai unrhyw ddrws yn y bydysawd fod mor fawr.

And the men wondered how any door in the universe could
be so vast.

**Yna, yn ysgafn ac yn araf iawn, dechreuodd rhywbeth
ddigwydd.**

Then, very softly and slowly, something began to happen.

Dechreuodd y panel erw-fawr ildio i mewn ar y brig.

The acre-great panel began to give inward at the top.

A gwelsant fod y drws wedi cydbwyso ei hun.

And they saw that the door had balanced itself.

***

**Rhywsut fe wnaeth Donovan wthio ei hun yn ôl ar hyd y
jamb.**

Donovan somehow propelled himself back along the jamb.

**Ac roedd pawb yn gwylio dirwasgiad rhyfedd y porth wedi'i
gerfio'n anferth.**

And everyone watched the queer recession of the monstrously
carven portal.

**Yn y ffantasi hwn o ystumio prismatig symudodd yn
anomalaidd mewn ffordd groeslinol.**

In this fantasy of prismatic distortion it moved anomalously in
a diagonal way.

**Roedd holl reolau mater a phersbectif yn ymddangos yn
ddryslyd.**

All the rules of matter and perspective seemed confused.

Roedd yr agorfa'n ddu gyda thywyllwch bron yn faterol.

The aperture was black with a darkness almost material.

**Roedd y denaurwydd hwnnw'n wir yn rhinwedd
gadarnhaol.**

That tenebrousness was indeed a positive quality.

Cafodd y dynion eu harbed rhag gweld y muriau mewnol.

The men were spared from seeing the inner walls.

Ffrwydrodd y tywyllwch allan fel mwg o'i garchariad oesol.

The darkness burst forth like smoke from its eon-long
imprisonment.

Roedd yr haul wedi'i dywyllu'n amlwg gan adenydd pilennog yn fflapio.
The sun was visibly darkened by flapping membranous wings.
A sleifiodd y cysgod i ffwrdd i'r awyr grebachlyd a gibbous.
And the shadow slunk away into the shrunken and gibbous sky.
Roedd yr arogl a gododd o'r dyfnderoedd newydd eu hagor yn annioddefol.
The odor arising from the newly opened depths was intolerable.
Meddyliodd Hawkins, y clust gyflym, ei fod wedi clywed sŵn cas, slopio.
The quick-eared Hawkins thought he heard a nasty, slopping sound.
Cadarnhawyd ei glustiau pan ddaeth i'r golwg yn llusgo.
His ears were confirmed when It lumbered slobberingly into sight.
Roedd ei anferthwch gwyrdd gelatinaidd yn rhwystro trwy'r neuadd ddu.
Its gelatinous green immensity groped through the black hall.
A'i arogl a'i oatmwn wedi'i wasgu trwy'r drws onglog.
And Its ooze and smell squeezed through the angled door.
Aeth y Peth i awyr llygredig y ddinas wenwynig o wallgofrwydd honno.
The Thing went into the tainted air of that poison city of madness.
Bu bron i lawysgrifen Johansen druan roi'r gorau iddi pan ysgrifennodd am hyn.
Poor Johansen's handwriting almost gave out when he wrote of this.
Mae'n credu bod dau ddyn wedi marw o ofn pur yn yr eiliad melltigedig honno.
He thinks two men perished of pure fright in that accursed instant.
Ni ellir disgrifio'r Peth gyda'n hiaith ni.
The Thing cannot be described with our language.

Nid oes geiriau am y fath ddyfnderoedd o sgrechian a gwallgofrwydd tragwyddol.

There are no words for such abysms of shrieking and immemorial lunacy.

Gwrthddywediadau Eldritch ym mhob mater, grym, a threfn gosmig.

Eldritch contradictions of all matter, force, and cosmic order.

Mynydd a gerddodd ac a faglodd ar y ddaear. Duw!

A mountain that walked and stumbled on the earth. God!

Does ryfedd fod pensaer mawr wedi mynd yn wallgof ar draws y ddaear.

No wonder that across the earth a great architect went mad.

Does ryfedd fod Wilcox druan wedi rhuo â thwymyn yn yr eiliad delepathig honno.

No wonder poor Wilcox raved with fever in that telepathic instant.

Roedd sillafu gwyrdd, gludiog y sêr, yn cerdded y ddaear.

The green, sticky spawn of the stars, was walking the earth.

Roedd Peth yr eilunod wedi deffro i hawlio ei eiddo ei hun.

The Thing of the idols had awaked to claim his own.

Roedd y sêr wedi'u halinio eto, fel y rhagwelwyd.

The stars were aligned again, as was predicted.

Roedd cwlt oesol wedi methu yn eu dyletswyddau.

An age-old cult had failed in their duties.

A chyflawnodd band o forwyr diniwed eu rôl trwy ddamwain.

And a band of innocent sailors fulfilled their role by accident.

Ar ôl triliynau o flynyddoedd roedd Cthulhu mawr yn rhydd eto.

After vigintillions of years great Cthulhu was loose again.

Ac yn awr roedd Cthulhu mawr yn rheibus o lawenydd.

And now great Cthulhu was ravening for delight.

Cafodd tri dyn eu hysgubo i fyny gan y crafangau llac cyn i neb droi.

Three men were swept up by the flabby claws before anybody turned.

Duw a'u gorffwyso, os oes unrhyw orffwys yn y bydysawd.

God rest them, if there be any rest in the universe.

Bydded yn hysbys mai Donovan, Guerrera ac Angstrom oedd eu henwau.

Let it be known that their names were Donovan, Guerrera and Angstrom.

Llithrodd Parker wrth iddo geisio dianc.

Parker slipped as he was trying to make his escape.

Roedd y tri arall yn plymio'n ôl i'r cwch yn wyllt.

The other three were plunging frenziedly back to the boat.

Rhedasant dros olygfeydd diddiwedd o graig â chramen werdd.

They ran over endless vistas of green-crusted rock.

Mae Johansen yn tyngu iddo gael ei lyncu gan ongl o waith maen.

Johansen swears he was swallowed up by an angle of masonry.

Ongl na ddylai fod wedi bod yno.

An angle which shouldn't have been there.

Ongl a oedd yn lem, ond a ymddwynai fel pe bai'n aflem.

An angle which was acute, but behaved as if it were obtuse.

Dim ond Briden a Johansen a gyrhaeddodd yn ôl i'r cwch.

Only Briden and Johansen made it back to the boat.

Cafodd y ddau ddyn foment o lwc dda.

The two men had a moment of good fortune.

Plymiodd yr anghenfil mynyddig i lawr ar y cerrig llysnafeddog.

The mountainous monstrosity flopped down on the slimy stones.

Ac roedd y bwystfil yn petruso gan siglo ar ymyl y dŵr.

And the beast hesitated floundering at the edge of the water.

Nid oedd y llong stêm wedi rhedeg allan o glo poeth yn llwyr.

The steam boat had not entirely run out of hot coals.

Er gwaethaf ymadawiad yr holl ddynion am y lan.

Despite the departure of all men for the shore.

Yn dwymynllyd rhuthrodd y ddau ddyn i fyny ac i lawr rhwng olwynion.

Feverishly the two men rushed up and down between wheels.
Gwaith ychydig eiliadau yn unig oedd cael yr injan i fynd.
It was the work of only a few moments to get the engine
going.
**Yng nghanol erchyllterau gwyrdroëdig yr olygfa
annisgrifiadwy honno.**
Amidst the distorted horrors of that indescribable scene.
**Yn araf dechreuodd eu cwch chwyrlio'r dyfroedd angheuol
oddi tani.**
Slowly their boat began to churn the lethal waters beneath her.
**Ac fe symudon nhw ar hyd gwaith maen y lan siarnel
honno.**
And they moved along the masonry of that charnel shore.
Yr arfordir rhyfedd hwnnw nad oedd o'r byd hwn.
That strange coastline that was not from this world.

***

Roedd y titan Peth o'r sêr yn caethwasu ac yn siarad.
The titan Thing from the stars slavered and gibbered.
Fel Polypheme yn melltithio llong Odysseus sy'n ffoi.
Like Polypheme cursing the fleeing ship of Odysseus.
Yna llithrodd Cthulhu mawr yn seimllyd i'r dŵr.
Then great Cthulhu slid greasily into the water.
Yn fwy beiddgar a mwy beiddgar na'r Cyclops chwedlonol.
Bolder and more daring than the storied Cyclops.
Ymlidiodd Cthulhu nhw drwy'r dŵr gyda symudiad cosmig.
Cthulhu pursued them through the water with cosmic
movement.
**Edrychodd Briden yn ôl o'r llong a dechrau chwerthin yn
uchel.**
Briden looked back from the ship and started laughing shrilly.
**O'r foment honno ymlaen parhaodd Briden i chwerthin ar
adegau rhyfedd.**
From that moment Briden continued laughing at odd
intervals.
Ond nid oedd Johansen wedi rhoi'r gorau iddi eto.

But Johansen had not given up yet.

Roedd yn gwybod nad oedd gan ei long unrhyw obaith o ragori ar y peth.

He knew his ship had no chance of outpacing the thing.

Felly penderfynodd gymryd siawns anobeithiol.

So he resolved on taking a desperate chance.

Llwythodd y ffwrnais a gosododd yr injan ar gyflymder llawn.

He loaded the furnace and set the engine for full speed.

Ac yna rhedodd fel mellt ar y dec a gwrthdroi'r olwyn.

And then he ran lightning-like on deck and reversed the wheel.

Roedd troelli ac ewynnu nerthol yn yr heli swnllyd.

There was a mighty eddying and foaming in the noisome brine.

Cododd y stêm yn uwch ac uwch i'r awyr.

The steam mounted higher and higher into the sky.

A gwrthdroodd y Norwyad dewr gwrs yr helfa.

And the brave Norwegian reversed the course of the chase.

O'i flaen cododd yr ewyn aflan fel llwyn galeon cythreulig.

Before him rose the unclean froth like the stern of a demon galleon.

Gyrrodd ei long benben yn erbyn y jeli oedd yn ei hymlid.

He drove his vessel head on against the pursuing jelly.

Daeth pen y sgwid ofnadwy bron at flaen y cwch hwylio.

The awful squid-head came nearly up to the yacht's bowsprit.

Ond gyrrodd Johansen ymlaen yn ddi-baid yn erbyn y teimladau oedd yn ysgwyd.

But Johansen drove on relentlessly against the writhing feelers.

Roedd yna ffrwydrad fel pledren yn ffrwydro.

There was a bursting as of an exploding bladder.

Roedd yna ffieidd-dra slwtsh fel pysgodyn haul wedi'i hollti.

There was a slushy nastiness as of a cloven sunfish.

Roedd drewdod fel mil o feddau wedi'u hagor.

There was a stench as of a thousand opened graves.

Ac roedd sain nad oedd y croniclydd wedi'i rhoi ar bapur.
And there was a sound the chronicler did not put on paper.
Am eiliad roedd y llong wedi'i halogi gan gwmwl llym.
For an instant the ship was befouled by an acrid cloud.
Dallwyd Johansen a'r dyn gwallgof gan y cwmwl gwyrdd.
The green cloud blinded Johansen and the mad man.
Ac yna dim ond cefn berwedig gwenwynig oedd yno.
And then there was only a venomous seething astern.
Ond Duw yn y nefoedd! Yr hyn a welodd y ddau ddyn nesaf;
But God in heaven! What the two men saw next;
Plastigrwydd gwasgaredig yr egin-awyr dienw hwnnw.
The scattered plasticity of that nameless sky-spawn.
Roedd y peth anafedig yn ailgyfuno'n aneglur.
The injured thing was nebulously recombining.
Cyn bo hir byddai Cthulhu yn ôl yn ei ffurf wreiddiol gasinebus.
Soon Cthulhu would be back in its hateful original form.
Ond roedd eu pellter yn ehangu gyda phob eiliad.
But their distance was widening with every second.
Roedd y llong yn ennill hwb oherwydd ei stêm gynyddol.
The ship was gaining impetus from its mounting steam.
Ac yn y pen draw roedd y ddinas felltigedig dros y gorwel.
And eventually the cursed city was over the horizon.

***

Ni cheisiodd lywio ar ôl eu dihangfa lwcus.
He did not try to navigate after their lucky escape.
Roedd ei ymateb wedi tynnu rhywbeth allan o'i enaid.
His reaction had taken something out of his soul.
Treuliodd ei amser yn myfyrio ar yr eilun yn y caban.
He spent his time brooding over the idol in the cabin.
Roedd yn gofalu am y maniac chwerthinllyd yn y cwch.
He looked after the laughing maniac in the boat.
Ac roedd yn rhoi sylw i ychydig o faterion fel bwyd.
And he attended to a few matters such as food.

Yna daeth storm Ebrill 2il.

Then came the storm of April 2nd.

Ar y diwrnod hwnnw casglodd cymylau dros ei ymwybyddiaeth.

On that day clouds gathered over his consciousness.

Mae yna ymdeimlad o ddeliriwm pur a mireiniog.

There is a sense of pure and refined delirium.

Chwyrlïo sbectrol trwy agendorau hylifol anfeidredd.

Spectral whirling through liquid gulfs of infinity.

Reidiau penysgafn trwy fydysawdau troellog ar gynffon comed.

Dizzying rides through reeling universes on a comet's tail.

Plymiadau hysterig o'r pwll i'r lleuad.

Hysterical plunges from the pit to the moon.

Ac fe blymiodd yn ôl eto o'r lleuad i'r pwll.

And he plunged back again from the moon to the pit.

Corws cyffrous o'r duwiau hynaf gwyrdroëdig, doniol.

A cachinnating chorus of the distorted, hilarious elder gods.

A'r imps gwatwarus gwyrdd ag asgell ystlumod o Tartarus.

And the green bat-winged mocking imps of Tartarus.

O'r freuddwyd honno daeth achubiaeth; y llong Vigilant.

Out of that dream came rescue; the ship Vigilant.

Llys yr is-lyngesydd a strydoedd Dunedin.

The vice-admiralty court and the streets of Dunedin.

Y daith hir yn ôl adref i'r hen dŷ wrth yr Egeberg.

The long voyage back home to the old house by the Egeberg.

Ni allai ddweud wrth neb beth oedd wedi'i weld.

He could not tell anyone of what he had seen.

Pe bai wedi dweud y gwir, byddent wedi meddwl ei fod wedi mynd yn wallgof.

Had he told the truth they would have thought he had gone mad.

Felly ysgrifennodd yn gyfrinachol am yr hyn a wyddai cyn i farwolaeth ddod.

So he secretly wrote of what he knew before death came.

"Byddai marwolaeth yn fendith pe bai ond yn gallu dileu'r atgofion."

"Death would be a boon if only it could blot out the
memories."

Dyna oedd y ddogfen a adawodd Johansen ar ei ôl.
That was the document Johansen left behind.

Ac yn awr rydw i wedi rhoi'r ddogfen hon yn y blwch tun.
And now I have placed this document in the tin box.

**Yn y blwch hefyd mae'r bas-relief wedi'i gerfio o
freuddwyd.**
In the box is also the dream carved bas-relief.

Ac rydw i wedi cynnwys papurau'r Athro Angell.
And I have included the papers of Professor Angell.

Gyda'r blwch hwn bydd y cofnod hwn o fy eiddo i yn mynd.
With this box shall go this record of mine.

**Mae'r nodiadau hyn wedi dod yn brawf o fy synnwyr
cyffredin fy hun.**
These notes have become a test of my own sanity.

**Ond rwy'n gobeithio na fydd fy darganfyddiadau byth yn
cael eu rhoi at ei gilydd eto.**
But I hope my discoveries are never be pieced together again.

**Rwyf wedi edrych ar bopeth sydd gan y bydysawd i'w ddal
o arswyd.**
I have looked upon all that the universe has to hold of horror.

**Ond nawr mae hyd yn oed awyr y gwanwyn yn dywyllwch i
mi.**
But now even the skies of spring are darkness to me.

Mae hyd yn oed blodau'r haf yn wenwyn i mi am byth.
Even the flowers of summer are forever poison to me.

Ond dydw i ddim yn meddwl y bydd fy mywyd yn hir.
But I do not think my life will be long.

Fel yr aeth fy ewythr, felly y daw fy niwedd.
As my uncle went, so shall my end come.

Fel yr aeth Johansen druan, felly y daw fy amser i.
As poor Johansen went, so shall my time come.

Rwy'n gwybod gormod, ac mae'r cwlt yn dal yn fyw.
I know too much, and the cult still lives.

Mae Cthulhu yn dal yn fyw hefyd, dim ond dybio y gallaf.
Cthulhu still lives, too, I can only suppose.

Rwy'n cymryd yn ganiataol bod Cthulhu eto yn y ceunant carreg hwnnw.

I assume Cthulhu is again in that chasm of stone.

Y ddinas sydd wedi'i gysgodi ers pan oedd yr haul yn ifanc.

The city which has shielded him since the sun was young.

Rwy'n gwybod bod ei ddinas felltigedig wedi suddo unwaith eto.

I know his accursed city is sunken once more.

Hwyliodd criw'r Vigilant dros y fan ar ôl storm mis Ebrill.

The crew of the Vigilant sailed over the spot after the April storm.

Ond mae ei weinidogion ar y ddaear yn dal i addoli ei ddychweliad.

But his ministers on earth still worship his return.

Mewn lleoedd unig maen nhw'n ymgynnull o amgylch eu heilun.

In lonely places they congregate around their idol.

Ac maen nhw'n bloeddio ac yn prancio ac yn lladd mewn defod satanaidd.

And they bellow and prance and slay in satanic ritual.

Rhaid ei fod wedi cael ei ddal gan suddo ei ddyfnder du.

He must have been trapped by the sinking of his black abyss.

Neu fel arall byddai'r byd erbyn hyn yn sgrechian gan ofn a chynddaredd.

Or else the world would by now be screaming with fright and frenzy.

Pwy a ŵyr sut y daw'r diwedd?

Who knows how the end will come about?

Gall yr hyn sydd wedi codi suddo, a gall yr hyn sydd wedi suddo godi.

What has risen may sink, and what has sunk may rise.

Mae ffieidd-dra yn aros ac yn breuddwydio yn y dyfnder.

Loathsomeness waits and dreams in the deep.

Ac mae pydredd yn lledu dros ddinasoedd dynion sy'n siglo.

And decay spreads over the tottering cities of men.

Fe ddaw amser pan fydd y ddinas honno'n codi allan o'r môr eto.

A time will come where that city rises out the sea again.
Ond rhaid i mi beidio â meddwl pryd y daw'r diwrnod hwnnw!
But I must not think about when that day will come!
Mae gen i un weddi os bydd y llawysgrif hon yn byw yn hirach na mi.
I have one prayer if this manuscript outlives me.
Rwy'n gweddïo bod fy ysgutorion yn rhoi gofal cyn hyfdra.
I pray my executors put caution before audacity.
Rwy'n gweddïo na fydd y llawysgrif hon yn cwrdd â llygaid eraill.
I pray this manuscript meets no other eyes.

***

Wedi'i ddarganfod ymhlith papurau'r diweddar Francis Wayland Thurston, o Boston.
Found among the papers of the late Francis Wayland Thurston, of Boston.